AF743052

"ज्ञान सुधा"

ISBN: 978-81-947176-6-9

Publishing Year 2020

Published and Printed by:
Sankalp Publication
Head Office: Ring Road 2 Gaurav Path, Bilaspur,
Chhattisgarh – 495001
Phones: +91 9111395888 +91 9111396888
Email: support@sankalppublication.com
Website: www.sankalppublication.com

"ज्ञान सुधा"

(सकारात्मक एवं प्रेरणादायक सुविचार)

लेखक

छबिराम पटेल

(राज्यपाल पुरस्कृत शिक्षक)
मुकाम – वार्ड क्र. 12 गार्डन के पास
पिथौरा, तहसील – पिथौरा,
जिला – महासमुन्द (द्द. ग.)
पिन – 4993551

संकल्प

लेखक की कलम से

सम्माननीय पाठकों

अत्यंत खुशी की बात है कि यह पुस्तक "ज्ञान सुधा" मेरे द्वारा लिखित "सकारात्मक एवं प्रेरणादायक" विचारों से युक्त पुस्तक है। जिसे मैंने बड़ी लगन एवं मेहनत के बाद आप तक पहुँचा पाया है। इस पुस्तक में कुल 1800 सुविचार हैं। जो बहुत ही सरल एवं सुबोध भाषाशैली में लिखी गई है। ताकि हर किसी को आसानी से समझ आ सके।

अच्छी–अच्छी पुस्तकें पढ़ने से ज्ञान मिलता है और उस पाए हुए ज्ञान से व्यक्ति पहले से कहीं अधिक जागरूक होकर अपने लक्ष्य तक पहुँचा सकता है। सारगर्भित तथ्यों एवं विचारों को देखा जाए तो यह पुस्तक "गागर में सागर" के समान है। जिसमें बच्चे, विद्यार्थी, युवावर्ग, अध्यापक, व्यवसायी से लेकर हर तरह के लोगों के लिए ज्ञान की बातें, संस्कार, नैतिकता, सामाजिक समरसता, राष्ट्र के प्रति प्रेम–निष्ठा, सफलता पाने के रहस्य एवं आदर्श समाज व्यवस्था बनाने से संबंधित सुविचार पढ़ने को मिलेंगे। उन्हें आप ध्यान लगा कर अध्ययन और चिंतन–मनन करेंगे तो निश्चित रूप से भविष्य में अपने आचार–विचार, जीवन शैली, रहन–सहन एवं कार्य करने के तरीके में बदलाव व सुधार दिखाई देगी। जिससे आप में नई सोच, चेतना, सकारात्मक सोच, जज्बा, लगन, ज्ञान मिलेंगे, आनंद का एहसास होगा और अपने अंतर्मन में ऊर्जा का संचार होगा। इस पुस्तक को लिखने का उद्देश्य भी यही है। यह पुस्तक निश्चित ही समाज के लिए मील का पत्थर साबित होगी, ऐसी आशा है।

आदरणीय पाठकों इस पुस्तक को प्रकाशित करते समय हर वाक्य को दोषरहित करने का प्रयास किया गया था। फिर भी कहीं ना कहीं व्याकरणीय त्रुटियाँ हो सकतीं हैं। उसके लिए क्षमाप्रार्थी हूँ।

आशा है कि यह पुस्तक आप सभी महानुभवों के लिए ज्ञानवर्धक, सामाजिक मूल्यों को उभारने, दर्शन कराने, उज्ज्वल भविष्य निर्माण एवं आदर्श समाज व्यवस्था निर्माण कराने की दिशा में महत्वपूर्ण भूमिका निभाएगी। आप इस पुस्तक से अधिकाधिक ज्ञान लाभ उठायें और आदर्श व्यक्ति बनकर गरिमामयी जिंदगी व्यतीत करें। आप सभी का स्नेह सदैव

मिलता रहे। आप की सफलता, खुशियाँ मेरी संतुष्टि है। आप सफल बनें और सफलता की खुशियाँ बाँटे। यही मेरी हार्दिक शुभकामनाएँ। इसी आशा और विश्वास के साथ.।

लेखक
छबिराम पटेल
(राज्यपाल पुरस्कृत शिक्षक)
मुकाम–पिथौरा, जिला–महासमुंद (छ.ग.)

1. शिक्षा की ज्योति जलाने से मन का अंधकार दूर हो जाता है।
2. उपकार करने वालों के प्रति कृतज्ञ रहना चाहिए होता है।
3. गुणी लोगों की संगति एवं अच्छी पुस्तकें पढ़ने की आदत मानव जीवन को खूबसूरत बनाती है।
4. मातृभूमि सेवा के लिए समर्पित मानव जीवन सदा पूज्यनीय होता है।
5. किसी भी बात को पीठ पीछे कहने की अपेक्षा सामने कह देना बेहतर होता है। क्योंकि ऐसा करने से नाराजगी बढ़ने की अपेक्षा वह खत्म हो जाती है।
6. किसी भी मनुष्य की योग्यता, ज्ञान को परखने के लिए परीक्षा लेना यह एक अच्छा माध्यम होता है।
7. विनम्र, कर्त्तव्यनिष्ठ, परोपकारी, ईमानदारी एवं व्यवहारशील व्यक्ति समाज के लिए मूल्यवान रत्न के समान होते हैं। जिन्हें पाकर समाज गौरवांवित होता है।
8. मातृभूमि की सेवा करना यह सौभाग्य की बात होती है। क्योंकि मातृभूमि की सेवा करने का मौका उसी को मिलता है, जिसने कभी वहाँ जन्म लिया होता है।
9. सृष्टि की हर चीजें सुन्दर एवं उपयोगी होतीं हैं। बस हमें उनके प्रति अपनी मानसिकता बदलने की जरूरत होती है।
10. हम भी विकास करें और समाज – राष्ट्र के विकास में भी योगदान करते रहें।
11. सफल जीवन के लिए केवल साक्षर होना पर्याप्त नहीं होता, बल्कि समझदार होना आवश्यक होता है। साथ ही विनम्र एवं कर्त्तव्यनिष्ठ होना भी बहुत आवश्यक होता है।
12. माँ अपने बच्चों का दुख देख नहीं सकती। भले ही वह उनके लिए पचासों दुख सहन कर लेती है।
13. सफलता पाने के लिए गरीबी या धन की कमी यह कोई बड़ी कमी नहीं होती। उसके लिए धन से ज्यादा मन की जरूरत होती है। फिर तो धीरे – धीरे संसाधन जुटते ही जाते हैं।
14. लोग उतने ही ऊपर उठ पाते हैं, जितनी उनमें क्षमता होती है।
15. समझदार लोग अपना चरित्र निर्माण करने में देरी नहीं किया करते ।
16. हर किसी को सुदृष्टि से देखना चाहिए, कुदृष्टि से नहीं। क्योंकि सुदृष्टि से देखने को शुभ माना जाता है, कुदृष्टि से देखने को नहीं।

17. गरीब लोग भले ही अभाव में रहकर जीवन जी लेते हैं, मगर वे हर समय खुश रहने में विश्वास रखते हैं।
18. जहाँ हमारा वश न चले, वहाँ विवश रहने के लिए विवश हो जाते हैं।
19. यदि कोई अच्छा व्यक्ति मन लगाकर अपने काम में लगा हो तो उसका मनोबल कभी मत तोड़िये, बल्कि प्रोत्साहित करते रहिए। यदि उस मकसद में आप सफल हो गये तो निश्चित मानिए ईश्वर ने आपको एक इंसान के रूप में जन्म देकर कोई गलत नहीं किया है।
20. इस दुनिया में कई चीजें इतनी सुन्दर होतीं हैं कि उनकी अच्छाइयों एवं सुन्दरता को कुछ शब्दों में वर्णन कर पाना असंभव होता है। बस केवल उनके गुणों को महसूस किया जा सकता है।
21. ज्ञान अर्जित करते रहना, प्राप्त ज्ञान को अपने जीवन में उपयोग में लाना तथा ज्ञान को लोगों के बीच निःस्वार्थ भाव से बाँटते रहना ये तीनों काम मनुष्य को उत्तम बनाने में सहायक सिद्ध होते हैं।
22. नैतिकता मनुष्य को बहुत ऊपर उठाने का काम करती है। जबकि इसके अभाव पाये जाने पर वह मनुष्य को नीचे गिरा देती है। इसलिए एक मनुष्य को हर स्थिति में अपनी नैतिकता बनाये रखना चाहिए होता है।
23. जिसके पास अच्छे संस्कार नहीं होते, वह कभी खास बन नहीं सकता।
24. सरल जीवन का बड़ा महत्व होता है। क्योंकि वह हर व्यक्ति को आकर्षित एवं प्रेरित करता है।
25. धोखा देने वाला भी वक्त आने पर अवश्य धोखा खाता है। चाहे वह अपने आप को धोखा दे या दूसरों को धोखा दे जाए।
26. गरीबी दूर करने का सबसे अच्छा एवं सरल उपाय यह होता है कि अपने तन – मन के द्वारा परिश्रम की निरन्तरता बनाये रखना।
27. व्यक्ति का मन, तन उस समय ज्यादा ही सतर्क और सक्रिय रहते हैं, जब वह व्यक्ति संघर्षमय या संकट के दौर से गुजर रहा होता है।
28. वे लोग अच्छे विचारों को हल्के में लेते हैं, जिन लोग हल्के किस्म के होते हैं। जबकि ज्ञानी लोग ऐसा कभी नहीं किया करते।

29. विवेकशील, विद्वान या ज्ञानी की चमक और उसके वजन को जरूर समझता है। इसलिए वह दूसरों से ज्यादा चमकदार एवं वजनदार होता है।
30. अगर हम छोटी – छोटी बातों को लेकर उग्र हो जायेंगे या उलझन में फँसे रहेंगे, तो अपने जीवन को सुखमय कभी बना नहीं पायेंगे। इसलिए छोटों को देखकर जीएं और बड़ों को देखकर बढ़ें।
31. पावन उद्देश्य से किया गया कार्य अवश्य ही फलदायक होता है।
32. मानव जीवन में दिखावे का जीवन कोई मायने नहीं रखता, अपितु असली जीवन ही मायने रखता है।
33. जैसा चिन्तन और कर्म होता है, वैसा ही फल मिलता है।
34. यदि हम छोटी – छोटी बातों को लेकर लड़ाई – झगड़े में उतर जायेंगे तो हम कभी प्रगति पथ पर बढ़ नहीं पायेंगे।
35. ईमानदारी, क्षमाशीलता, त्याग, नम्रता और कर्त्तव्य निष्ठा ये खासियतें मनुष्य को खास बनातीं हैं।
36. ''मेरी जीविका मेरी जिन्दगी है। उसकी बदौलत ही मेरी जिन्दगी रौशन हो सकती है।'' ऐसा सुन्दर विचार हर किसी को रखना चाहिए होता है।
37. आदर्श माँ – बाप के बच्चे आदर्श बनते हैं। क्योंकि बच्चे जैसा देखते हैं, वैसा ही करते हैं।
38. जिसका कर्म अच्छा, विचार प्रिय और मन पवित्र रहता है, वह व्यक्ति खूबसूरत होता है।
39. छोटी – मोटी कड़वी बातों को सहन करने की आदत डालनी चाहिए होता है।
40. एक हीरा की कीमत वही जान सकता है, जो व्यक्ति हीरा को परखने की क्षमता रखता हो।
41. कमियाँ तो हर इंसान में होतीं हैं, मगर चाहें तो उन्हें पहचान कर समय रहते दूर की जा सकतीं हैं।
42. हमारी सोच, वचन और कर्म लोगों को जोड़ने का काम आना चाहिए, तोड़ने का नहीं। क्योंकि जोड़ने के काम से सुख – शांति मिल सकेगी, तोड़ने से नहीं।
43. क्रोध को बढ़ने का अवसर कभी देना नहीं चाहिए।

44. जिस देश के लोग केवल अपने स्वार्थ के लिए जीते हैं, वह देश कभी तरक्की कर नहीं सकता।
45. जिस इंसान में इंसानियत न हो, उस इंसान से सम्बन्ध बनाये रखना व्यर्थ है। क्योंकि ऐसा इंसान से सम्बन्ध बनाये रखने से कोई फायदा नहीं होता। उल्टा ही स्वयं की प्रतिष्ठा धूमिल होती है।
46. दुनिया में प्रियवचन बोलने वाला व्यक्ति ही टिकता है तथा ऐसा व्यक्ति समाज में अपनी अलग पहचान बनाने में सफल रहता है।
47. सत्य एवं अहिंसा का मार्ग अपनाने से जीवन सुखमय बनता है।
48. यदि आप के पास कोई हुनर, प्रतिभा है तो उसे लोगों के बीच प्रदर्शन जरूर कीजिए। ताकि देश–दुनिया को प्रेरणा मिल सके और किसी के निराशा मन में आशा का दीप जल सके।
49. जिसके पास देने लायक कुछ होता है, वही दूसरों को कुछ दे पाता है, परन्तु जिसके पास कुछ भी न हो तो उससे कुछ पाने की अपेक्षा रखना व्यर्थ है।
50. जो व्यक्ति समय के साथ – साथ चलना जानता है, वही अपनी जिन्दगी में सफल होता है।
51. गाली देने वाला से गाली सहने वाला इसलिए बड़ा होता है, क्योंकि वह अशांति बढ़ाने की अपेक्षा शांति चाहता है।
52. ठोकर खाकर जो न संभले, उसे बार – बार ठोकर खानी पड़ती है।
53. माँ का रिश्ता अनमोल रिश्ता होता है। बच्चे इस रिश्ता को जीवनभर भूला नहीं सकते।
54. दीया जलाने वाला ही जान सकता है कि कितने कष्ट और मेहनत के बाद वह जलता है। बुझाने वाला उसे क्या जाने?
55. नेतृत्व करने के लिए बारी का इंतजार किया जाता नहीं, स्वयं को ही आगे आना पड़ता है।
56. अहंकार भाव से मनुष्य ऊपर उठता नहीं, नीचे गिरता है।
57. लोगों के साथ मित्रता जुड़े रहने के लिए करनी चाहिए, टूटकर अलग रहने के लिए नहीं।
58. बोलना भी एक कला है। कहाँ पर क्या बोलें ? कितना बोलें ? कैसे बोलें ? इन सब बातों को जानना बहुत जरूरी होती है।

59. कामयाब लोगों के प्रति संकीर्ण मानसिकता वाला व्यक्ति ईर्ष्या करता है, परन्तु उसे यह पता नहीं रहता कि कामयाब लोग अपने जीवन में कितने अधिक मुसीबतों को झेलकर कामयाब हुए रहते हैं।
60. ईर्ष्या एक ऐसी बुराई है, जो व्यक्ति को खिलने नहीं देती। सज्जन व्यक्ति उससे दूर रहने में ही अपनी भलाई समझते हैं।
61. सफलता, समृद्धि व प्रसन्नता के द्वार अपने आप नहीं खुलता। उसको अपने अच्छे आचरण, विचार और कर्मों के समन्वित प्रयास से खोलना पड़ता है।
62. यदि आप जीवन में सफल होना या शोहरत पाना चाहते हैं, तो धैर्य रखना, सहन करना और कुछ अच्छा कर दिखाने की आदत डालना सीखें।
63. मुस्कुराहट ही मुस्कुराहटें लाने में सहायक होती है। इसलिए आप भी मुस्कुराइये और दूसरे लोगों को भी मुस्कुराने का अवसर दीजिए।
64. हिंसा को हिंसा की दृष्टि से देखने से उसे समाप्त नहीं किया जा सकता, बल्कि उसको शांति, प्रेम, सहानुभूति जैसे उपायों को अपनाकर समाप्त किया जा सकता है।
65. यदि आप आम जनता के दुख – दर्द को अपना दुख – दर्द जैसा मानकर चलते हैं तो समझ जाइए कि आप अच्छे इंसानों में से एक हैं।
66. किसी भी कार्य के प्रति रूचि न दिखाना यह असफलता की निशानी है।
67. कठिन संघर्ष के बाद ही भाग्य चमकता है।
68. जो व्यक्ति अपने जीवन से दूसरों को भी जीने की कला सिखाता है, वह साधारण नहीं, असाधारण होता है। मानव जगत को ऐसा व्यक्ति का मिलना गर्व की बात होती है।
69. परिस्थिति चाहे अनुकूल हो या प्रतिकूल एक व्यक्ति को अपने वादे पर कायम रहना चाहिए। तभी दूसरों से विश्वास और मान – सम्मान पाया जा सकता है।
70. उपकार का कार्य जिस सज्जन के हाथों से होता है, उस कार्य से बदले में जो संतुष्टि मिलती है, वह उसका सबसे बड़ा पुरस्कार होता है।

71. जो व्यक्ति अपना एवं घर – परिवार का उपकार कर नहीं सकता, भला वह दूसरों का क्या उपकार कर पायेगा? ऐसा व्यक्ति का जीवन व्यर्थ हो गया मानना चाहिए।
72. अच्छी आदतें हों तो सुख – समृद्धि, मान – सम्मान अवश्य मिल कर रहता है। मगर बुरी आदतें मनुष्य में घरकर जाये तो स्वास्थ्य, धन और यश की हानि ही हानि होकर रहती है।
73. विरासत की चीजों पर बड़ी आस्था होती है। उस स्वीकृति को विकृत करने का हक किसी को नहीं होना चाहिए। क्योंकि वे अमूल्य होतीं हैं।
74. परिश्रमी व्यक्ति को बुरे दिन अथवा दरिद्रता देखने की नौबत नहीं आती।
75. जिसका मन शांत और विचार सुन्दर होता है, वह दूसरों से श्रेष्ठ होता है।
76. परीक्षा चाहे कोई भी हो, उसका सामना करना चाहिए। न कि डर कर भाग जाना चाहिए।
77. मानव कल्याण के उद्देश्य से किया गया प्रयास कभी व्यर्थ नहीं जाता।
78. राष्ट्रीय एकता को ठोस आधार हमारी संस्कृति, शिक्षा, सामाजिक समरसता एवं भाषा के प्रति निष्ठा से मिलता है।
79. एक अच्छा खिलाड़ी वह होता है, जो खेल नियमों का पालन करते हुए मैदान में उतरता है और अंतिम समय तक डटे रहता है।
80. एक – दूसरों के सहयोग के बिना जीवन को सुखमय बनाया नहीं जा सकता।
81. क्षमा करना यह एक प्रशंसनीय कार्य माना जाता है।
82. सक्षम लोगों से जैसी उम्मीद की जा सकती है, वैसी उम्मीद असक्षम लोगों से नहीं की जा सकती।
83. आदरणीय बनने के लिए आदर करना पड़ता है। क्योंकि दूसरों का आदर किये बिना कोई आदरणीय नहीं बनता।
84. जिन लोग कुशल और ईमानदार होते हैं, उन्हें धन, यश – कीर्ति की कमी नहीं होती।
85. उस उपहार का कोई महत्व नहीं, जो किसी की खुशी छीन कर दिया गया हो। ऐसा उपहार "वाह" का नहीं "आह" का हकदार होता है।

86. माँ तो माँ होती है। वह अपनी सन्तान के सुख के लिए पचासों तरह के दुख झेल लेती है, परन्तु उन तक कभी दुख – दर्द आने नहीं देती।
87. होशियार विद्यार्थी वही होता है, जो सही वक्त पर अपने काम को सही ढंग से पूरा कर लेता है।
88. सुविचार हमें जीने की कला सिखाते हैं। उनसे हमें ज्ञान प्रकाश मिलता है। सुविचारों का अध्ययन कर लाभ उठायें और अपने जीवन को धन्य बनायें।
89. आगे बढ़ने के लिए किसी को किसी प्रकार की मनाही नहीं है, परन्तु किसी के पैर खींचकर आगे बढ़ना यह अच्छी बात नहीं होती है।
90. एक सफल व्यक्ति अपनी सोच व्यापक रखता है, सीमित नहीं।
91. मुसीबतों के पहाड़ चढ़ने के बाद ही शिखर मिलता है।
92. जीवन के रहस्यों को पढ़ने – सीखने एवं जानने के बाद ही जीवन स्तर में सुधार आती है।
93. जहाँ बातचीत से मसला सुलझ जाये, वहाँ हाथों का उपयोग करना नहीं चाहिए।
94. कुछ लोग हमेशा बड़ों को ही महत्व देते हैं, छोटों को नहीं। लेकिन वे भूल जाते हैं कि इस दुनिया में जैसे बड़ों का महत्व होता है, वैसे ही छोटों का भी महत्व होता है।
95. यदि आप में संघर्ष करने और कष्ट सहने की आदत है तो आपको कोई भी बाधा आगे बढ़ने से रोक नहीं सकती।
96. श्रेष्ठ लोगों के पीछे चलने से श्रेष्ठता ही मिलती है।
97. ईमानदारी की इमारत सबसे ज्यादा टिकाऊ एवं भव्य होती है।
98. देश स्वयं की रक्षा कर नहीं सकता, बल्कि देशवासी ही मिल – जुल कर उसकी रक्षा करते हैं।
99. विपत्ति व्यक्ति को झकझोर कर रख देती है। जो कोई मजबूत होता है, वह बचकर खड़ा हो जाता है, लेकिन जो कोई कमजोर होता है, वह टूटकर बिखर जाता है।
100. शिष्ट लोग अपनी भाषा – बोली, आदत – व्यवहार ऐसे बनाकर रखते हैं कि वे हर किसी को प्रिय लगते हैं।
101. प्रार्थना, कृपा, प्रेरणा और सम्पदा ये चारों मानव जीवन में प्रसन्नता, खुशहाली लाने का काम करतीं हैं।

102. एक राष्ट्रनायक का परम कर्त्तव्य होता है कि वह नागरिकों के अधिकारों का हनन न करे और न ही हनन होने दे। अन्यथा असंतोष बढ़ना स्वाभाविक हो जाता है।

103. जब तक लोगों में सोचने – विचारने की गतिशीलता बनी रहती है, तब तक कुछ अच्छा अथवा सृजन करने के नये –नये सुत्र मिलते रहते हैं।

104. अनुभव बढ़ने के साथ – साथ मनुष्य की दर्जा, प्रतिष्ठा, उदारता भी बढ़तीं जातीं हैं।

105. सूर्य, वायु, अन्न, जल इन चारों के बिना मानव जीवन संभव नहीं। इसलिए इन चारों के प्रति हमेशा कृतज्ञ रहना चाहिए।

106. जब परदेश में हों तो छोटी – मोटी मतभेद की बातों को भूलकर एक हो जाना चाहिए होता है। तभी सुखी जीवन जीया जा सकता है।

107. खास व्यक्ति इसलिए खास होते हैं, क्योंकि उनकी खासियातें खास होतीं हैं।

108. बड़े लोग जो कुछ करते हैं, वे सबके हित के लिए करते हैं। जबकि छोटे लोग अपने ही हित के लिए करते हैं।

109. मनुष्य यह जानते हुए भी कि हर इच्छाएं पूरी नहीं होतीं। फिर भी वह अनेक इच्छाएं पाले रखता है। जो कि वे आगे चल के दुख का कारण बनतीं हैं।

110. यदि वास्तव में व्यवस्था परिवर्तन या कुछ अच्छा करने के लिए या समाज में जान डालना चाहते हैं तो यह कभी मत सोचिए कि केवल एक इंसान के प्रयास से कुछ नहीं हो सकता, बल्कि यह सोचिए कि एक इंसान के द्वारा शुरू किया गया छोटा सा प्रयास से भी बहुत कुछ हो सकता है। क्योंकि जंगल में आग फैलाने के लिए एक छोटी सी चिंगारी काफी होती है।

111. शक्तिशाली होना गलत नहीं है, परन्तु गलत तब है, जब उस शक्ति का कमजोर अथवा निहत्थे व्यक्ति पर प्रयोग किया जाये।

112. आलसी, निकम्मा या उत्साहहीन व्यक्ति अपने आप को पहचान नहीं पाता। इसलिए दुनिया भी उसे पहचानने में रूचि नहीं दिखाती।

113. ईमानदारी, सशक्त एवं श्रेष्ठ लोग दूसरों को नीचे गिराने में नहीं, बल्कि उन्हें ऊपर उठाने में अपना समय और धन लगाते हैं।

114. शिष्ट व्यक्ति वह होता है, जिसका आचरण – व्यवहार शिष्ट होता है।
115. महान व्यक्ति वे होते हैं, जो सद्ज्ञान और सदाचार के माध्यम से अपनी श्रेष्ठता देने के काम में लगे रहते हैं।
116. माता – पिता का रिश्ता अद्वितीय रिश्ता होता है।
117. सच्चा इंसान, ईमानदार, गुरू एवं विद्वान राष्ट्र के आधार स्तंभ होते हैं।
118. मानव जीवन घटनाओं से भरा जीवन होता है।
119. हो सके तो लोगों को अच्छे विचार दीजिए। अच्छे विचार मनुष्य का असली पूँजी होता है। क्योंकि धन तो एक दिन नष्ट हो सकता है, परन्तु अच्छे विचार अमर रहते हैं।
120. सहयोग की भावना जीवन को मधुर बनाती है।
121. बुद्धि और विवेक तथा विश्वास और आस्था क्या हैं? बुद्धि का परिष्कृत रूप विवेक है। उसी प्रकार विश्वास में जब मजबूती, दृढ़ता आती है, तब वह आस्था के रूप ले लेता है। जीवन में विवेक एवं आस्था का महत्वपूर्ण स्थान होता है। जब दोनों किसी व्यक्ति में निहित हों तो वह साधारण से असाधारण बन जाता है।
122. मर्यादा तोड़ने वालों का कोई मर्यादा नहीं करता।
123. वह तन सुन्दर तन नहीं, जिसका मन सुन्दर मन नहीं।
124. सदाचारी व्यक्ति साधारण नहीं, श्रेष्ठ व्यक्ति होता है।
125. सार्वजनिक जीवन जीने के लिए संकीर्ण मानसिकता को त्यागना पड़ता है और व्यापक दृष्टि कोण रखना पड़ता है।
126. वास्तविक शिक्षा वह होती है, जो मनुष्य को अनीति से बचाती हो। साथ ही आत्मसुधार के लिए प्रेरित करती हो।
127. सत्य, धर्म एवं नीति पूर्ण मार्ग पर चलने वालों का साथियों की कमी नहीं रहती।
128. भले लोगों की संगति भलाई करने की प्रेरणा देती है।
129. सौहार्द पूर्ण व्यवहार से हर किसी को खुश किया जा सकता है।
130. स्वच्छता से आरोग्यता प्राप्त होती है।
131. हर अच्छा काम को पूरा करने में समय लगता है।
132. सफल जीवन के लिए आशा, विश्वास, उत्साह और सतत् प्रयास का होना बहुत आवश्यक होता है।

133. परिवार मामूली किला नहीं, अभेद किला जैसा होता है। जिसे मामूली शक्ति से ढहाया जा नहीं सकता।
134. विषम परिस्थितियों का सामना करना यह वीरों का काम होता है, कायरों का नहीं।
135. जो इंसान अपने भविष्य निर्माण के बारे में नहीं सोचता, वह स्वयं का शत्रु के समान होता है।
136. जब एक बार अच्छे कार्य करने की आदत बन जाती है, फिर तो वैसे ही कार्य होते जाते हैं।
137. बच्चों में सबसे अच्छे संस्कारी बच्चे होते हैं।
138. ईमानदार एवं कर्त्तव्यनिष्ठ लोग समाज – देश के लिए जीते हैं।
139. आप जिस भी कार्य क्षेत्र में हैं, वहाँ आप अपने अच्छे कर्मों के माध्यम से अपनी छाप छोड़ जायें। ताकि लोग आपको वर्षों बाद भी याद कर सकें।
140. अभ्यास के बिना न तो सफलता मिलती है और न ही व्यक्तित्व में चमक आती है।
141. जिस किसी को भविष्य में कुछ बनने या कुछ नई चीज बनाने की इच्छा हो तो उसके पहले बहुत कुछ सीखने के लिए हिम्मत जुटाने की जरूरत होती है।
142. जिस मानव में काबिलियत नहीं होती, वह परिस्थिति का दास बनकर रह जाता है, लेकिन जो मानव बहादुर होता है, वह परिस्थिति को दासी बना लेता है।
143. शुभ कर्म करके ही सुख पाया जा सकता है।
144. सद्व्यवहार सुख – शांति पाने की कुंजी है।
145. मानवीय पहलुओं से सरोकार रखना यह एक अच्छा गुण है।
146. सही काम को करने में डरना नहीं चाहिए, बल्कि गलत काम को करने में डरना चाहिए।
147. विपरीत परिस्थिति को देखकर हिम्मत हारना नहीं चाहिए, बल्कि उसका डटकर सामना करना चाहिए।
148. अगर मनुष्य की सोच, वचन और कर्म अच्छा रहा, तो वह उन्नति की ओर बढ़ता जाता है और अगर ये सब अच्छे न रहें तो अवनति की ओर चला जाता है।
149. काम ऐसे करें कि लोग उसे शक की निगाह से न देखें।

150. जिस प्रकार सुगंध के बिना फूलों की शोभा नहीं बढ़ती। उसी प्रकार सदाचार के बिना मनुष्य की शोभा नहीं बढ़ती।
151. सफल लोग अपने कार्यों से परेशान नहीं होते, बल्कि टाँगें खींचने वालों से परेशान होते हैं।
152. अपराध करने से डरना चाहिए। क्योंकि वह दण्ड दिये बिना किसी को भी नहीं छोड़ता।
153. अगर आप सपने देख नहीं रहे हैं तो इसका मतलब यह हुआ कि आप कुछ नई चीज पाने के लिए कुछ कर नही रहे हैं।
154. हम केवल अपने कल्याण के लिए सोच न रखें, अपितु अपने समाज – राष्ट्र और विश्व कल्याण के लिए भी सोच रखें।
155. नफरत की आग केवल जलाने का काम करती है। वह मानव जगत को क्षति ही पहुँचाने का काम करती है। जो मानव उत्तम प्रवृत्ति के होते हैं और मानव जाति का भला चाहते हैं, वे उससे दूर ही रहना पसंद करते हैं।
156. लोगों के साथ मधुर संबंध बनाये रखने से खुशियाँ ही नहीं मिलतीं, बल्कि भाईचारा की भावना भी बढ़ती है।
157. जिन लोग मित्र होते हैं, वे अपने मित्र का कभी नुकसान नहीं पहुँचाते। क्योंकि उनके बीच अपनत्व और प्रेम की भावना जो होती है।
158. जीवन को खुशहाल बनाने के लिए छोटी – मोटी तकलीफों को भी झेलने की आदत डाल लेनी चाहिए।
159. बातचीत से खुशियाँ तभी मिलतीं हैं, जब एक – दूसरे की बातें समझ में आतीं हों। अन्यथा उन अच्छी से अच्छी भाषा – बोली का हमारे लिए कोई महत्व नहीं, जिसे हम समझते ही न हों।
160. अधिक भाषायें जानने से न केवल ज्ञान का दायरा बढ़ता है, बल्कि विश्व के लोगों के बीच संबंध भी मजबूत होता है। क्योंकि भाषाएं लोगों को जोड़ने का काम करतीं हैं।
161. आप धनवान बनने की जितनी अभिलाषा रखेंगे, उतना ही लोगों से दूर होते जायेंगे, परन्तु जितना ही ज्ञान पाने और पुण्यकर्म करने की अभिलाषा रखेंगे, उतना ही अपने आप को लोगों के बीच पायेंगे।

162. लोगों को केवल मनोरंजन के ही जुगाड़ में नहीं, भोजन के भी जुगाड़ में रहना चाहिए। क्योंकि केवल मनोरंजन से जीवन नहीं चलता, भोजन से चलता है।
163. प्रेम – व्यवहार मिलते रहने से मित्रता की उम्र बढ़ जाती है।
164. लोगों से तारीफ पाने का असली हकदार वही व्यक्ति होता है, जिसने अपने हाथों से तारीफ पाने योग्य कोई अच्छा कार्य किया हो।
165. जो व्यक्ति अपने जीवन के प्रति गंभीर नहीं रहता, उसमें कभी गंभीरता नहीं आ सकती और यही बात उसका दुखी होने का कारण बनती है।
166. माँ – बाप के पास जो त्याग और प्रेम होता है। वैसा दुनिया के किसी व्यक्ति के पास नहीं होता। इसी वजह से ही माँ – बाप अपनी सन्तानों के लिए देव तुल्य होते हैं।
167. सीखना एक अच्छी आदत है। इसलिए जीवन को बेहतरीन बनाने के लिए हर समय सीखते रहना चाहिए होता है।
168. वे लोग दूसरों से कहीं ज्यादा खुशहाली की जिन्दगी जीते हैं, जिन लोग ईमानदार, कर्मठ एवं समझदार होते हैं।
169. कुछ लोग को यह कहते हुए देखा जाता है कि हम इस दुनिया से परेशान हैं। यदि सचमुच में ऐसा है तो उस परेशानी के कारणों को खोजिए, जिससे आप परेशान हैं। उसे शांत मन से दूर करने का हल ढूँढ लें और जीवन जीना सीख लें। क्योंकि इस दुनिया से अच्छी दुनिया और कहीं मिल नहीं सकती।
170. अपने कार्य में अनावश्यक विलम्ब करने से न केवल समय और धन की बर्बादी होती है, बल्कि उसके परिणाम भी प्रभावित होता है।
171. अच्छे एवं कामयाब लोग दूसरों की उन्नति को देख खुश होते हैं, परन्तु बुरे एवं कायर लोग ईर्ष्या करते हैं।
172. सौंपी गई जिम्मेदारी में यदि अनावश्यक विलम्ब किया जाये तो उससे स्वयं की विश्वसनीयता घटती है। साथ ही भविष्य में इस तरह की कोई बड़ी जिम्मेदारी से भी वंचित रहना पड़ सकता है।
173. शिष्टाचार मनुष्य को श्रेष्ठ बनाता है।
174. आपकी शालीनता आपके व्यक्तित्व की सुन्दरता होती है।

175. ज्ञान बाँटने, प्रचार – प्रसार करने की विषयवस्तु होता है, सहेजकर रखने की नहीं।
176. मनुष्य की मानसिकता एवं कार्य पद्धति उसका आचरण का स्वरूप तय करतीं हैं।
177. समाज का मित्र बनकर जीएं, दुश्मन बनकर नहीं।
178. अपने माँ – बाप हमें जन्म देते हैं। वैसा ही अपना जीवन चलाने के लिए हमारी जीविका हमारी उम्र बढ़ाने का काम करती है। इसलिए अपनी जीविका से उतना ही प्रेम करें, जितना माँ – बाप से प्रेम करते हैं।
179. बुरे एवं कायर लोग सफल व्यक्ति का साथ देने का प्रयास नहीं करते। जबकि अच्छे एवं सफल लोग हर किसी को आगे बढ़ाने का प्रयास करते रहते हैं।
180. भगवान ने सबको उन्नति, सत्कर्म, सेवा – धर्म करने एवं श्रेष्ठ इंसान बनने का बराबर अवसर दिया है। अतः उस अवसर का अवश्य लाभ उठाना चाहिए।
181. उस काम को कभी करना नहीं चाहिए, जिसको करने पर झूठ बोलना अथवा बाद में पछताना पड़े।
182. महान सोच रखने वाला व्यक्ति ही महान बन सकता है, ओछी सोच रखने वाला नहीं।
183. अपने वचन पर कायम रहकर कोई मिसाल पेश करना यह अपने जीवन के लिए एक बड़ी बात होती है।
184. शिक्षा का प्रचार – प्रसार की गति वहाँ धीमी पड़ जाती है, जहाँ अयोग्य व्यक्ति के हाथों में जिम्मेदारी सौंप दी जाती है।
185. गलतियाँ किससे नहीं होतीं ? इसलिए गलतियाँ होने की संभावना से मत घबराओ । जो भी कार्य करने जा रहे हो, उसे मन लगाकर करते रहो। इस तरह सजग रहकर कार्य करने से गलतियाँ होने की संभावना बहुत कम रह जायेगी।
186. उस सफलता की कोई कीमत नहीं होती, जिसमें हमारी मेहनत एवं प्रतिभा लगी नहीं रहती।
187. विनम्रता व्यक्ति को विशिष्ट बनाने में अहम भूमिका निभाती है।

188. इंसानियत से बढ़कर कोई सुख या दौलत नहीं होती। इसलिए सिर्फ दौलत के पीछे भागना नहीं, इंसानियत के पीछे चलना उचित समझना चाहिए।

189. बड़े लोग बड़े ही बने रहें यह अच्छी बात है, परन्तु वे छोटे लोगों के प्रति हमदर्दी, सहानुभूति, स्नेह एवं प्रेम ही न रखें यह तो बुरी बात है।

190. अक्सर यह होता है कि बड़ों एवं प्रसिद्ध लोगों की ही बातें सुनी जाती है, परन्तु उतने योग्य होते हुए भी छोटों की बातों को अनसुनी कर दी जाती है। जो कि वह कृत्य छोटों के प्रति अन्याय से कम नहीं होता।

191. आप महान हो। अपने आप को पहचानो और आगे बढ़ चलो। एक दिन जरूर कामयाब होंगे।

192. मानव जीवन एक बार मिलता है। इसे हमेशा सार्थक कार्यों में ही लगाए रखना अच्छा होता है।

193. दूसरों से वही अच्छे होते हैं, जो अपने वचन के पक्के होते हैं।

194. एक निरक्षर मूर्ख को समझाया जा सकता है, लेकिन एक साक्षर मूर्ख को नहीं।

195. मनुष्य का जीवन तब खूबसूरत बनता है, जब वह बुरे विचारों का परित्याग व अच्छे विचारों को ग्रहण कर लेता है।

196. कदम – कदम बढ़ाते चलें। मित्रता बढ़ाते रहें और शत्रुता भावना एवं मन के अंधकार को मिटाते रहें। ऐसा करके ही जीवन को सुखमय बना सकते हैं।

197. प्रेम से जीना है तो लोगों के साथ प्रेम से रहना सीखें।

198. सुविचारों से व्यक्ति को आत्मसुधार करने की प्रेरणा मिलती है।

199. महान व्यक्ति केवल अपने लिए नहीं जीता, बल्कि वह समाज व राष्ट्र के लिए भी जीता है।

200. सुखी रहने की गुंजाईश तो बहुत होती है, परन्तु हम उसे पहचान नहीं पाते अथवा उस मौके को ध्यान दे नहीं पाते। यदि ऐसा कर पाते तो दुखी होने का कोई कारण नहीं बनता।

201. शिक्षा को कभी नकारा नहीं जा सकता। क्योंकि शिक्षा ही व्यक्तित्व विकास करने का सबसे उत्तम साधन होता है।

202. राष्ट्रीय एकता को मजबूती प्रदान करने के लिए उसके प्रति प्रेम, विश्वास और आस्था बनाये रखना चाहिए होता है।
203. यदि किसी पर आप गर्व करते हैं तो उसका हित करने के लिए हमेशा सोचें, अहित करने के लिए बिल्कुल नहीं।
204. उस राष्ट्र नायक को सदा याद की जाती है, जो ईमानदार, साहसिक रहा और उसने राष्ट्रहित के लिए कड़े फैसले लेने में कभी पीछे नहीं रहा।
205. विश्वसनीयता मनुष्य की सबसे बड़ी पूँजी होती है।
206. महान लोगों का समाज – राष्ट्र नव – निर्माण में अमूल्य योगदान रहता है। उनके प्रति श्रद्धा रखना, कृतज्ञता प्रकट करना यह उनके प्रति सम्मान है। क्योंकि आज हम जो कुछ हैं, उन्हीं की बदौलत हैं।
207. एक सच्चा मित्र वह होता है, जो किसी भी परिस्थिति में अपना मित्र का साथ नहीं छोड़ता।
208. स्वार्थी व्यक्ति का साथ देना याने स्वयं के साथ धोखा देना जैसा होता है।
209. हर कोई ईश्वर की सन्तान है और संतान को चाहिए कि वह अपने आप को मूल्यवान बनाये।
210. जो व्यक्ति लक्ष्य बनाकर चलता है, उसे सफलता जरूर मिलती है।
211. माँ – बाप जैसे भी हों, परन्तु अपने बच्चों के लिए वे सर्वश्रेष्ठ होते हैं।
212. संघर्ष से डरना नहीं। क्योंकि संघर्ष किये बिना कोई ऊँचा उठता नहीं।
213. पिता का लाड – प्यार और माता की ममता जैसा सुख दुनिया में कहीं नहीं मिलता।
214. मनुष्य जन्म से विद्रोही स्वभाव का नहीं होता। आसपास की परिस्थितियाँ ही उसे विद्रोही बना देतीं हैं।
215. तन – मन के लिए पुष्टिदायक खाद्य पदार्थ, सद्विचार एवं जनहितैषी कार्य कभी बेकार नहीं जाते। ये सब जीवनदायिनी वायु, की तरह हर समय उपयोगी साबित होते हैं।
216. सिद्धांत और यथार्थ में बहुत फर्क होता है। सिद्धांत हमें केवल मार्ग बताता है। जबकि यथार्थ मार्ग बताने के साथ – साथ चलकर बताता है और वास्तविकता से रूबरू कराता है।

217. जो व्यक्ति कार्य में जितना व्यस्त रहता है, वह उतना ही खुश रहता है।
218. हे देश के पुत्र – पुत्रियों! तुम अपने माता – पिता के दिल दुखाने का कभी प्रयास मत करना। जब तुम ऐसा करते हो तो तुम्हें क्या मालूम? वे कितने बड़े दुख की बोझ उठाये दिन – रात जीते हैं। वह बोझ ऐसी बोझ होती है कि उसे न तो किसी को देते बनता है और न ही कहीं उतारते बनता है। उनकी जिन्दगी यूँ ही घूँट – घूँट कर खप जाती है। सुख देने का हरदम प्रयास करना। सन्तान धर्म का पालन करते रहना। तुम्हें अवश्य आशीर्वाद मिलेगा।
219. अहंकार का परिणाम हमेशा नुकसानदायक होता है।
220. गुणों को ग्रहण करना यह जीवन की सबसे अच्छी आदत होती है।
221. सादगी भरा जीवन वह जीवन है, जिसको देखकर दूसरे लोग प्रशंसा में कह उठते हैं '' वाह! उसका जीवन कितना बढ़िया जीवन है।''
222. पुष्प बाँटने, दिखाने अथवा उपयोग में लाने की वस्तु होता है, गुप्त रखने का नहीं।
223. मूर्ख लोग बार – बार ठोकर खाने के बाद भी उससे कोई सबक नहीं लेते। जबकि बुद्धिमान लोग एक बार की ठोकर से ही सबक लेकर अपने आप में सुधार कर लेते हैं।
224. कुछ लोग बड़े ही खतरनाक किस्म के होते हैं। जैसे जहरीले सांप खतरनाक होते हैं। इसलिए ऐसे लोगों से बचकर रहना उचित रहता है।
225. यदि आप कुछ अच्छा करना चाहते हैं तो तन – मन को थकने मत देना। क्योंकि थके हुए तन – मन से कुछ भी हासिल किया नहीं जा सकता।
226. मन, कदम, जुबान और हाथों को नियंत्रण में रखने की जरूरत होती है। अन्यथा वे अर्थ का अनर्थ कर जाते हैं।
227. प्रेम मनुष्य को कोमल बनाता है।
228. स्वार्थी, दुष्ट लोग गलत फायदा उठाना छोड़ते नहीं। जबकि स्वाभिमानी लोग ऐसा कभी करते नहीं।
229. हमें यह कभी भूलना नहीं चाहिए कि बड़ों के द्वारा सुख त्याग से ही छोटों को सुख – सुविधाएं आसानी से मिलीं होतीं हैं।

230. जो व्यक्ति सुख – शांति पाने का प्रयास नहीं करता, उसकी जिन्दगी व्यर्थ में गुजर जाती है।
231. नैतिकता मनुष्य को गलत राह पर जाने से रोकती है।
232. बदले की भावना आग की तरह होती है। जिसे जहाँ भी फेंक दो, उसी को जला देती है।
233. विफलता के डर से भाग जाने वाला सफलता से वंचित रह जाता है।
234. आदतों को सुधार लेने से अपनी मुसीबतें कम हो जातीं हैं।
235. बेईमानी का धंधा अधिक दिनों तक नहीं चलता। वह न तो बढ़ता है और न ही फलता है।
236. जो व्यक्ति सत्य, न्याय एवं धर्म के प्रति निष्ठा रखता है, वह कथनी और करनी में अन्तर नहीं करता।
237. सफल होने के लिए उत्साही मन का होना अति आवश्यक होता है।
238. आत्म विश्वास और उत्सुकता दो ऐसे गुण हैं, जिसके द्वारा कठिन से कठिन काम को भी संभव किया जा सकता है।
239. कार्य सिद्धि के लिए साहस और दृढ़ इच्छाशक्ति की जरूरत होती है।
240. इस संसार में ऐसा कोई अमृत पदार्थ नहीं, जिसका सेवन करके सदा – सदा के लिए अमर रहा जा सके।
241. काम तो काम होता है। कोई काम न तो छोटा होता है और न ही बड़ा होता है। बस उसे करने के लिए मन में ठान लेना पड़ता है।
242. वह व्यक्ति अपना गंतव्य तक कभी पहुँच नहीं पाता, जिसको सफर पर जाने के पहले दिशा ज्ञान नहीं होता।
243. वह मानव लोगों के मध्य हमेशा के लिए जीवित रहता है, जो परहित के लिए जीया होता है।
244. सरल जीवन जीने वाला व्यक्तित्व का धनी होता है।
245. न अपनी जिन्दगी से शिकायत रखो और न अपनों से शिकायत रखो। अन्यथा जिन्दगी को जैसी खुशियाँ मिलनीं चाहिए, वैसी खुशियाँ मिल नहीं पायेंगीं।
246. जीविका हमारे पास नहीं आती। हमें ही उसके पास जाना पड़ता है। क्योंकि जीविका के बिना जिन्दगी नहीं चलती।

247. माँ तो माँ होती है। उसकी ममता में खामियाँ नहीं, खूबियाँ ही खूबियाँ होतीं हैं।
248. शिक्षा से योग्यता, आत्मविश्वास और क्षमता बढ़ती है।
249. कलाकार एक अच्छा कलाकार तभी बन सकता है, जब वह अपनी कला को अधिक से अधिक प्रदर्शन करने में विश्वास रखे। क्योंकि कला प्रदर्शन करने की चीज होती है, सहेज कर रखने की नहीं।
250. जीव – जन्तु, पेड़ – पौधे मनुष्य के मित्र समान होते हैं। उनसे प्रेम करें। साथ ही उनका संरक्षण व संवर्धन करना अपना कर्त्तव्य समझें।
251. अपने आप से एवं अपनी मातृभूमि से विश्वास और प्रेम करना सीखें।
252. सदाचरण वाला व्यक्ति हमेशा अच्छा ही व्यवहार करता है। चाहे वह दूसरे लोगों के बीच रहे या अकेला।
253. असली खुशियाँ तो तब मिलतीं हैं, जब हम अपने पैरों से चलकर अपना मुकाम हासिल करते हैं।
254. जिन लोग गलत नहीं होते, वे लोग चिन्ता नहीं करते। चिन्ता तो वे लोग करते हैं, जिन लोग गलत होते हैं।
255. " मैं भी उस काम को कर सकता हूँ। " ऐसी सोच हरेक इंसान को रखनी चाहिए। तभी हर काम अच्छा बन पड़ेगा।
256. माता – पिता अपने बच्चों की खुशियों में अपनी खुशियाँ ढूँढ़ते हैं।
257. संस्कारवान मनुष्य मूल्यवान होता है।
258. जहाँ तक हो सके, लोगों के साथ मित्रता कायम रखना चाहिए। इससे आप भी खुश रहेंगे, लोग भी खुश रहेंगे और मानवता भी खुश रहेगी।
259. जो व्यक्ति जितना सीखने का प्रयास करता है, वह उतना ही अपने आप को दूसरों से आगे पाता है।
260. तन में हो साहस और मन में हो हिम्मत, तो असंभव लगने वाला कार्य भी संभव हो जाता है। बशर्ते पीछे हटने का इरादा न किया जाये।
261. अनुचित अथवा अनीतिपूर्ण काम करना नहीं चाहिए। अन्यथा बाद में पछतावा ही होता है।
262. दूसरों की कमजोरियों पर हँसना नहीं चाहिए।

263. मानव जीवन अनमोल होता है। इसलिए सत्कर्म करते हुए यश – कीर्ति कमाएं, अपयश नहीं।
264. वे लोग कम दुख – दर्द झेलते हैं, जिन लोग सेवा, धर्म करते हुए अपने कार्य में लगे रहते हैं।
265. सुधरी हुई आदतों से आत्मविकास होता है। जबकि बिगड़ी आदतों से आत्म विनाश होता है।
266. हे प्रभु! हम सब सदा सन्मार्ग पर चल सकें। ऐसी शक्ति और सद्बुद्धि दीजिए।
267. प्रकृति एक ऐसी महाकृति है, जिसको समझना अब भी बाकी है।
268. जिसका मन सकारात्मकता और प्रसन्नता से भरा होता है, उसका मनोरथ अवश्य पूरा होता है।
269. मनुष्य की प्रतिष्ठा धन – दौलत से भी बढ़कर होती है। क्योंकि प्रतिष्ठा के बिना मनुष्य की कोई कीमत नहीं होती है।
270. दीपक जलाना यह एक अच्छा काम होता है।
271. वे लोग कितने अच्छे होते हैं, जिन लोग हर परिस्थिति में अपने चेहरे में मुस्कुराहट बनाये रखते हैं।
272. उस राही को मंजिल अवश्य मिलती है, जो आगे बढ़ने से न तो डरता है और न ही हार मानता है।
273. एक मनुष्य को दूसरे मनुष्यों से प्रेमभाव रखना चाहिए, भेदभाव नहीं।
274. अपने दायित्वों का बखूबी निर्वहन करने में जितना आनंद मिलता है, उतना शिथिलता बरतने में कदापि नहीं।
275. देश के नव – निर्माण में मेरा क्या योगदान है? हर नागरिक को ऐसी सोच रखना एवं आकलन अवश्य करना चाहिए होता है।
276. एक मनुष्य को नाम से नहीं, अच्छे विचारों एवं कर्मों से ख्याति मिलती है।
277. आप इतना काबिल बनो कि आप अपने भरोसे खुशी – खुशी जीवन जी सको। दूसरे के भरोसे में रहकर जीना कोई मायने रखता नहीं। क्योंकि पराधीनता में जीने से जीवन को न तो खुशियाँ मिलतीं हैं और न सुख – चैन।
278. अभ्यास ही सफलता पाने की प्रथम सीढ़ी है।

279. वैचारिक परिपक्वता वाले एवं समझदार व्यक्ति की एक बड़ी खासियत यह होती है कि वह किसी भी दशा में अपनी श्रेष्ठता व भव्यता का त्याग नहीं करता।
280. ज्ञानी लोग अपने व्यक्तित्व एवं कृतित्व के माध्यम से दुनिया में अपनी निशानी छोड़ जाते हैं।
281. एक अच्छा विद्यार्थी वह होता है, जो प्रश्नों के उत्तर अथवा विषय को रटने के बजाय समझने का सबसे अधिक प्रयास करता है।
282. बुरी आदतों से जितना दूर रहेंगे, उतना ही सुखी रहेंगे।
283. जैसा कि ठंडा को गरम होने में समय लगता है। वैसा ही गरम को ठंडा होने में समय लगता है।
284. अनमोल वचन बीज के समान होता है। यदि उसे उचित मिट्टी मिल गया तो वहाँ उगकर लहलहाने लगता है और यदि वह चट्टान या अनुपयुक्त जगह में पड़ गया तो वहाँ पनप नहीं पाता। लेकिन अनमोल वचन के बीज बोते रहना चाहिए।
285. एक विद्वान की पहचान उसकी शक्ल – सुरत या धन – दौलत से नहीं, उसकी विद्वता से होती है।
286. सबसे ज्यादा समझदार व्यक्ति वह होता है, जो अवसर को सुअवसर में बदल लेता है।
287. अच्छे काम करने से व्यक्ति की यश – कीर्ति बढ़ती है। जबकि बेईमानी, अनीति अथवा कामचोरी करने से वह घटती है।
288. अच्छे विचार रखना यह अच्छी बात है, परन्तु अपने कार्यों के प्रति उदासीनता बरतना यह गलत बात है।
289. रचनात्मक कार्यों से ही व्यक्ति को शोहरत मिलती है।
290. यदि सीखना चाहें तो दुनिया से बहुत कुछ सीखा जा सकता है।
291. धन की बचत करने से वह बढ़ता है। जबकि खर्च करने से वह घटता है।
292. जीवन में वह व्यक्ति सफलताओं से वंचित रहता है, जो कभी कुछ भी सीखने का प्रयास ही नहीं करता।
293. अगर कोई समाज हित के लिए काम करता है, तो उस व्यक्ति की अवश्य प्रशंसा करो, निंदा कभी नहीं।
294. सुविचार व्यक्ति में न केवल आत्मविश्वास पैदा करता है, बल्कि जीवन की जीवटता से उबरने एवं आगे बढ़ने की भी शक्ति देता है।

295. जब तक आप किसी की तारीफ करने की पहल नहीं करते, तब तक आप भी दूसरों से तारीफ पाने के योग्य बन नहीं सकते।
296. मजबूत बनने के लिए मजबूत निर्णय लेने की जरूरत पड़ती है।
297. जो सीखता है, वही विजेता होता है।
298. ईमानदारी एवं समझदारी ये दो ऐसी चीजें हैं, जो मानव जीवन की संभावनाओं को बेहतर बनातीं हैं।
299. यदि आप में दृढ़ इच्छाशक्ति है, तो आपका गगन चूमने का सपना पूरा अवश्य होगा। क्योंकि दृढ़ इच्छाशक्ति वह शक्ति है, जो व्यक्ति को कहाँ से कहाँ पहुँचा देती है। अर्थात् वह नीचे से बहुत ऊपर उठा देती है।
300. सृजन मानव जगत के लिए मंगलकारी होता है। जबकि विनाश अमंगलकारी होता है।
301. सुसंस्कार मानव का श्रृंगार के समान होता है। जो कि वह मानव की सुन्दरता प्रदान कर श्रेष्ठ बनाता है।
302. धन का दुरूपयोग करने के बजाय सदुपयोग करना बेहतर होता है।
303. सत्य को सत्य कहने में संकोच करना नहीं चाहिए।
304. क्षमा शांति को बढ़ावा देती है।
305. हमारी सुख–समृद्धि में हमारी सोच की बड़ी भूमिका होती है।
306. सफल व्यक्ति का व्यक्तित्व हर किसी को अभिप्रेरित करता है।
307. यदि आप सत्य का साथ देंगे, तो आपका साथ सब लोग देंगे।
308. सबसे उत्तम मन निश्छल एवं संतोषी मन होता है।
309. माँ की ममता जैसी ममता दुनिया भर ढूँढ़ लें, लेकिन कहीं मिल नहीं सकती।
310. समय एक ऐसा धन है, जिसे न तो कोई व्यक्ति बेच सकता है और न ही खरीद सकता है।
311. तन की सुन्दरता से मन की सुन्दरता पर ध्यान देना चाहिए। क्योंकि तन की सुन्दरता से कुछ ही लोगों को प्रभावित किया जा सकता है। लेकिन मन की सुन्दरता से लाखों लोगों को प्रभावित किया जा सकता है।
312. उस व्यक्ति के प्रति बरबस श्रद्धा बढ़ जाती है, जिसके विचार, वचन और कर्म अच्छे होते हैं।

313. कामयाब लोग हमेशा नये काम नहीं करते, बल्कि वे हर काम को नये ढंग से करते हैं।
314. स्नेही लोग दिल में रहते हैं। इसलिए उन्हें भूलाया नहीं जा सकता।
315. अच्छे विचारों को सुनने, पढ़ने और जानने से स्वयं के विचार पुष्ट होते हैं। इसलिए अच्छे विचारों को कभी नजर अंदाज करना नहीं चाहिए होता है।
316. उस विद्यार्थी को उचित शिक्षा, ज्ञान मिल नहीं पाता, जो पढ़ाई – लिखाई में ध्यान ही नहीं देता।
317. गलत इंसान डर – डर कर जीने को मजबूर रहता है। जबकि एक सच्चा इंसान निडर रहकर जीना अपना हक समझता है।
318. ऐसे शब्दों का प्रयोग ज्यादा करना नहीं चाहिए, जिन्हें लोग सुनना पसंद नहीं करते, बल्कि उन शब्दों का प्रयोग करना चाहिए, जिन्हें लोग ज्यादा सुनना पसंद करते हैं।
319. उस दिन को बार – बार याद न करें, जिस दिन आप ने राह भटके थे, बल्कि उस दिन को याद करें, जिस दिन आपने सही राह पकड़े थे।
320. हर मर्ज की दवा है, जिस किसी ने आगे बढ़कर लड़ा है।
321. लिखना यह अच्छी बात है, मगर किस विषय पर क्या लिखें, कितना लिखें ? इसका ज्ञान रखना यह और भी अच्छी बात है।
322. जिस जीवन को हम शान से जी रहे हैं, वह हमारे माँ – बाप के परिश्रम, त्याग और प्यार की बदौलत है।
323. हर इंसान अच्छे विचारों को सुनना एवं सुनाना चाहता है, मगर हरेक के पास अच्छे विचार नहीं होते।
324. परीक्षा में सर्वोत्तम अंकों से उत्तीर्ण होना यह जरूर एक कठिन काम है, मगर असंभव नहीं।
325. संबंध कोई भी हो, चाहे वह मित्रों का हो या परिजनों का हो, जब तक आत्मीयता रहती है, तब तक मिठास बनी रहती है। लेकिन उसमें तनिक भी बातचीत के तौर – तरीके में विभिन्नता आ जाती है, तो खटास बढ़ने लगती है। इसलिए संबंध को मजबूत बनाये रखने के लिए कुछ त्याग, कुछ सहन करने की जरूरत होती है।
326. जिन लोग अपने जीवन से प्रेम करते हैं, वे लोग अपने जीवन को मुसीबत में डालने वाले काम नहीं किया करते।

327. श्रेय लेने के बजाय श्रेय देना श्रेयस्कर होता है।

328. अनुचित कार्यों को प्रोत्साहन देने के बजाय उचित कार्यों को प्रोत्साहन देना बेहतर होता है।

329. खुशियाँ बटोरना यह काम सब लोगों के वश की बात नही होती। क्योंकि उसके लिए एक इंसान को नेक कार्यों में संलग्न रहना जो पड़ता है। साथ ही लोगों के साथ सद्व्यवहार करना एवं उनके प्रति दया, प्रेम भावना रखना भी पड़ता है।

330. जिस विद्यार्थी में पढ़ने, विद्या ग्रहण करने और आगे बढ़ने की ललक होती है, वह विद्यालय में भी और अपने घर में भी खूब पढ़ाई – लिखाई का कार्य करता है।

331. सद्गुणों के कारण ही मनुष्य मूल्यवान बनता है।

332. विनम्रता एवं अच्छी आदतें व्यक्ति को खास बनातीं हैं।

333. पुस्तकें पढ़ने से कई तरह के ज्ञान मिलते हैं। जो कि वे हमारे लिए बहुत ही उपयोगी साबित होते हैं।

334. एक सच्चा इंसान मानवीयता की भावना को केवल अपने तक सीमित न रखकर जन – जन तक पहुँचाने के प्रयास में लगा रहता है।

335. वे लोग अच्छे नहीं होते, जिन लोग किसी की केवल बुराई देखते हैं, अच्छाई नहीं।

336. उस चीज पर हाथ मत बढ़ाओ, जिस पर आपकी रूचि कभी नहीं रही। अन्यथा अर्थ का अनर्थ होना स्वाभाविक है। अर्थात् जो परिणाम सामने आयेगा, वह बहुधा निराशाजनक ही रहेगा।

337. मानव जीवन विनम्रता, दया, क्षमा, त्याग और परोपकार जैसे गुणों से ही मधुर बनता है।

338. अंधविश्वास के चक्कर में पड़कर समय नष्ट करना उचित नहीं, बल्कि उससे दूर रहना ही उचित रहता है।

339. रिश्ते – नाते को मजबूती तभी मिलती है, जब प्रेमयुक्त मेल – मुलाकात, बातचीत होती रहती है। अन्यथा विपरीत प्रभाव पड़ता है। जैसे लम्बे अन्तराल के बाद पौधों को पानी न मिले तो वे सूख जातीं हैं।

340. सड़क में जब भी चलना, अपनी साइड बाँयी की ओर चलना। धोखा खाने से तो अच्छा है, धीरे – धीरे सम्हल कर चलना।

341. मित्रता अमीरी – गरीबी, रंग – रूप नहीं देखती, बल्कि वह विश्वास, प्रेमभाव देखती है।
342. जो व्यक्ति लक्ष्य बनाकर एवं सकारात्मक सोच रखकर आगे बढ़ता है, वह एक दिन अवश्य सफलता लेकर रहता है।
343. किसी व्यक्ति की कद्र तभी होती है, जब उसके पास कोई न कोई एक हुनर अवश्य होती है।
344. वे लोग सफलता के असली हकदार होते हैं, जिन लोग विषम परिस्थितियों को भी मात दे जाते हैं।
345. लड़ाई – झगड़े कराने वाले लोग विपत्ति, अशांति के भागीदार होते हैं।
346. स्वयं भी खुश रहें और दूसरों को भी खुश रखने का प्रयास करें। ऐसा करने से जीवन सुखमय बन पड़ता है।
347. सकारात्मकता से जीवन जीने का असली आनंद लिया जा सकता है। क्योंकि वह जीने के रंग – ढंग बदलने में सहायक सिद्ध होती है।
348. जब आप तन्दुरूस्त रहते हैं, तो उसका श्रेय आप के भोजन की पौष्टिकता, स्वच्छता एवं सकारात्मकता को सबसे ज्यादा जाता है।
349. धन व इज्जत कमाना यह अच्छी बात है, मगर उनका मान हमेशा बनाये रखना यह बड़ी बात है।
350. महान विभूतियों के जीवन आदर्शों से प्रेरणा लेकर अपने जीवन को धन्य बनाया जा सकता है।
351. जब हम पवित्र संकल्प के साथ किसी काम में बदलाव लाने की शुरूआत करते हैं, तब एक दिन उस काम में सफलता अवश्य मिलकर रहती है।
352. मानव जीवन तभी सार्थक बन सकता है, जब हम स्वयं होकर अपने जीवन को उन्नत बनाने के उद्देश्य से रचनात्मक एवं सार्थक कार्यों को हाथ में लेकर निर्वहन करने में लगे रहते हैं।
353. मनुष्य इस दुनिया में सदा दिन रहने के लिए नहीं आया है, परन्तु उसके द्वारा ऐसा काम किया जाये कि उसे सदा दिन याद किया जाये।
354. बच्चों को नैतिक शिक्षा देते रहने से उनका व्यक्तित्व विकास होता है।

355. अनुशासित जीवन श्रेष्ठ जीवन होता है।
356. माँ की ममता परमानन्द की अनुभूति कराती है।
357. महान लोग सबके हित के लिए जीना पसंद करते हैं। इसी कारण से उनका यह गुण उन्हें महान बनाता है।
358. अहंकारी हृदय उस सूखा कुँआ के समान होता है, जहाँ पानी नहीं होता। जो किसी प्यासा व्यक्ति को तृप्त कर नहीं सकता।
359. ईमानदारी की इमारत में रहने वाला व्यक्ति दूसरों से ज्यादा सुखी रहता है।
360. सादगी जिन्दगी सबसे प्यारी एवं न्यारी जिन्दगी होती है। जो कि वह हर किसी को अपनी ओर आकर्षित कर जाती है।
361. वह देश महान होता है, जहाँ के लोग अपने देश के हित, सेवा, एकता एवं अखण्डता के लिए मर मिटने को तैयार रहते हैं।
362. कुमार्ग पर चलने के बजाए सन्मार्ग पर चलना श्रेयस्कर होता है।
363. जिस प्रकार जीवन को बचाये रखने के लिए भोजन, जल, ताप, वायु की जरूरत होती है। उसी प्रकार मानवता को बचाये रखने के लिए दया, परोपकार, प्रेम, क्षमा, विनम्रता, त्याग जैसे सद्गणों की जरूरत होती है।
364. अपनी जिम्मेदारी निर्वहन में डटे रहना बहादुर लोगों का काम होता है। जबकि जिम्मेदारियों से भागना कायर लोगों का काम होता है।
365. आवश्यकता से अधिक खर्च करना अथवा फैशन आदि पर अधिक धन खर्च करना यह बुद्धिमानी नहीं है।
366. जिन लोग अधिक प्रतिभावान होते हैं, वे लोग आगे चलकर सफलताओं का अम्बार लगा देते हैं।
367. ज्ञान पाओगे तो आपका लाभ होगा तथा ज्ञान बाँटोगे तो और किसी का भला होगा। उस लाभ और भला में दोनों का भाग्य बदल जायेगा।
368. नेक इंसान बनकर जीवन जीना यह फायदेमंद होता है।
369. जो भी कार्य किया जाए, उसे तन – मन लगाकर किया जाये, तो सफलता अवश्य मिलती है।
370. अगर आप अच्छे इंसानों में से एक हैं, तो दूसरों को भी कुछ न कुछ अच्छा कार्य करने को प्रेरित करते रहें।

371. अच्छे विचार ज्ञानदायक एवं प्रेरणादायक होते हैं। फलतः वे मनुष्य के जीवन में सुधार लाने का काम करते हैं।
372. जो इंसान समयाभाव होने का रोना रोता है, वह जिन्दगी में कोई बड़ा काम नही कर पाता अथवा बहुत कुछ हासिल कर नहीं पाता।
373. सफल लोगों की एक बड़ी खासियत होती है कि वे जिस काम को करते हैं, समर्पित होकर करते हैं। इसलिए वे सफलता लेकर ही रहते हैं।
374. उन लोगों की भावनाएं महान होतीं हैं, जिन लोग हर किसी के साथ प्रेम भाव रखते हैं और अपने समाज–राष्ट्र के विकास में सहभागिता निभाते हैं।
375. वही लोग अक्सर अपने जीवन में उभरते व चमकते हैं, जिन लोग मुसीबतों को परास्त कर आगे बढ़ चले होते हैं।
376. यह जरूरी नहीं कि हम अपने जीवन से ही दूसरों को प्रेरणा दें, बल्कि दूसरे लोागों से भी हम प्रेरणा ले सकते हैं।
377. उस सरोवर को कोई भी महत्व नहीं देता, जिसमें पानी नहीं होता। उसी प्रकार उस मनुष्य को कोई भी मान – सम्मान नहीं देता, जिसके हृदय में सद्गुणों का वास नहीं होता।
378. एक अच्छा इंसान ज्यादा उछल – कूद करने में विश्वास नहीं करता।
379. मनुष्य का भविष्य उसके द्वारा वर्तमान में किये जा रहे कार्य से तय होता है। यदि वर्तमान का कार्य – व्यवहार अच्छा रहा, तो भविष्य भी अच्छा ही रहेगा।
380. हर किसी के प्रति मित्रता भाव रखना चाहिए। तभी मानव जीवन का महत्व बढ़ता है।
381. किसी को एकाएक सफलता मिल नहीं जाती। उसके लिए कड़ी मेहनत, साहस, एकाग्रचित्त, उत्साह और धैर्य जैसे गुणों की जरूरत पड़ती है।
382. मानवीय सद्गुणों की वजह से ही मानव एक अच्छा मानव बनता है।
383. मूर्ख, कपटी, ईर्ष्यालु लोग कभी सफल हो नहीं पाते। क्योंकि वे केवल जलना जानते हैं, किसी को जीताना नहीं जानते।
384. अपने ऊपर बीती विपत्ति की पीड़ा को और विपत्ति में साथ देने वाले इंसान को कभी भूलाया जा नहीं सकता।

385. प्रेम और नफरत क्या है? दोनों एक – दूसरे के विपरीत होते हैं। प्रेम मानव को जोड़ने का काम करता है। जबकि नफरत तोड़ने का काम करती है। प्रेम में संधि का गुण तो नफरत में विग्रह का दुर्गुण होता है। प्रेम सुगंध है। जबकि नफरत में दानवता की प्रवृत्ति। प्रेम में आबादी है। जबकि नफरत में बर्बादी। इसलिए हे मानव! आप प्रेम की ओर बढ़ो और नफरत को छोड़ दो। ताकि समाज सुसंगठित रहे और उसमें आपसी भाईचारा की भावना बनी रहे।
386. अक्सर बड़ी नदियाँ ही बाढ़ से तबाही मचाती हैं, छोटी नदियाँ अथवा नाले नहीं।
387. शिक्षक का हरेक कार्य एक संदेश दे जाता है।
388. मधुर वाणी में जान होती है। इसलिए वह हर कहीं अपनी पहचान बनाने में सफल रहती है।
389. अपने जीवन में कुछ भी बनो, मगर उसके पहले शिक्षित जरूर बनो।
390. जिसके मन में आशा – प्रत्याशा का वास हो, वह व्यक्ति कभी भटकता नहीं। जबकि निराशा व्यक्ति को भटका देती है।
391. दुनिया में कुछ लोग ऐसे भी होते हैं, जो अपनी योग्यता एवं क्षमता का भरपूर इस्तेमाल करते हैं और ऐसे लोग दूसरों के लिए उदाहरण प्रस्तुत कर जाते हैं।
392. आप तब तक अच्छे हैं, जब तक आपको नैतिकता की पाठ याद रहेगी।
393. एक मनुष्य दूसरों को तभी अपनी ओर आकर्षित कर सकता है, जब उसका कार्य मंगलकारी होता है।
394. संघर्ष किये बिना कोई बड़ी उपलब्धि मिलती नहीं। इसलिए संघर्ष करने से मत घबराओ। उत्साह, पक्के इरादे के साथ आगे बढ़ते रहो। उपलब्धि एक दिन आपके कदम जरूर चूमेगी।
395. व्यक्ति के कार्य – व्यवहार से ही उसका व्यक्तित्व का पता चलता है, रंग – रूप से नहीं।
396. जीवन में ये तीन मंत्र अवश्य याद रखें – अच्छी सोच रखें, अच्छा कर्म करें एवं मीठी बोल बोलें।
397. बड़े काम को बड़े काम जैसा किया जाना चाहिए, छोटे काम जैसा नहीं।

398. उस व्यक्ति का मन हमेशा खुश रहता है, जिसका कदम हमेशा बेहतरी के लिए बढ़ता है।
399. एक जुटता से कठिन से कठिन कार्य को भी आसान बनाया जा सकता है।
400. माँ – बाप जीवन पर्यन्त अपने बच्चों की चिन्ता करते हैं। इसलिए बच्चे भी उनकी चिन्ता जीवन पर्यन्त करते हैं।
401. दूसरों को गिराने के लिए नहीं, मदद करने के लिए हाथ बढ़ाना चाहिए।
402. वह जीवन हमेशा खुश रहता है, जो मानव कल्याण के लिए जीता है।
403. चालबाज लोगों की चालबाजी सतर्कता से ही नाकाम किया जा सकता है।
404. जहाँ उत्सुकता, विनम्रता, सकारात्मकता होतीं हैं, वहाँ कई तरह की चिन्ताएं खत्म हो जातीं हैं।
405. सत्संग में जाना मानो ज्ञान एवं आनंद का खजाना पा लेना जैसा है। सत्संग में जाना जीवन की सबसे अच्छी आदतों में से एक होती है। सत्संग में जाने से एवं वहाँ से ज्ञान पाकर हमारे मन के सारे विकार दूर ही नहीं होते, बल्कि हमारी आत्मोन्नति भी होती है। साथ ही मन को बड़ी शांति भी मिलती है। हृदय पवित्र हो जाता है।
406. अभिमान अभिमानी को बार – बार साथ नहीं देता।
407. आलसी व्यक्ति का मान कभी नहीं बढ़ता। क्योंकि वह मानव समाज में सबसे नीचे स्तर का होता है।
408. अच्छे कार्य की प्रशंसा जरूर होती है। आज नहीं तो कल जरूर होती है। भले ही लोगों के द्वारा उसको समझने में देर होती हो, परन्तु समझदारों द्वारा समझने में देर नहीं होती।
409. जिस चीज की ज्यादा उपयोगिता रहती नहीं, उस पर ज्यादा रूचि दिखाना जरूरी नहीं होती।
410. मनुष्य का विचार जितना अच्छा होता है, वह उतना ही अच्छा मनुष्य होता है।
411. जो विचार और कर्म मनुष्य को खुशहाल बनाने में सहायक सिद्ध हों, उन विचारों और कर्मों को हमेशा महत्व देना उचित रहता है।

412. आप मानव तन पाये हो, फिर तो अप अद्‌भूत हो। आप ऐसा सुन्दर जीवन जीओ, धर्म – कर्म कर जाओ मानो आप ईश्वर का दूत हो।
413. जिन लोग लायक होते हैं, वे आगे चलकर नायक बनते हैं। आज नहीं तो कल जरूर बनते हैं।
414. अनुशासन मनुष्य जीवन को बेहतर बनाने में सहायक सिद्ध होता है।
415. नेक इंसान को इसलिए नेक इंसान कहा जाता है कि वह कठिन परिस्थितियों में भी अपनी ईमानदारी, विनम्रता, विश्वसनीयता और श्रमशीलता का त्याग नहीं करता।
416. जिसके विचार नेक होते हैं, उसके मित्र भी अनेक होते हैं।
417. उस मनुष्य का जीवन सुन्दर होता है, जिसका मन सुन्दर होता है।
418. कर्म और ईश्वर की पूजा करने से कृपा मिलती है और उस कृपा से जीवन को सुख – समृद्धि मिलती है।
419. वह आग, आग नहीं, जिसमें गर्मी नहीं होती और वह इंसान, इंसान नहीं, जिसमें इंसानियत नहीं होती।
420. फसल वहाँ उगती एवं लहलहाती है, जहाँ पानी, ताप और उपजाऊ मिट्‌टी होती है।
421. प्रशंसा करना यह एक उत्तम गुण है। इससे प्रशंसक एवं प्रशंसा के पात्र दोनों को खुशी मिलती है।
422. संकीर्ण भावना से ग्रसित व्यक्ति किसी की भलाई नहीं चाहता। ऐसा व्यक्ति समाज के लिए बोझ की तरह होता है।
423. जिस किसी व्यक्ति की सोच सृजनशील होती है, उसे इस सृष्टि की हर चीज खूबसूरत लगती है।
424. बदले की भावना मानव को दानव बना देती है।
425. जैसे मेहमान के आने की कोई निश्चित तिथि नहीं होती। वैसे ही मृत्यु के आने की कोई निश्चित तिथि नहीं होती।
426. श्रमशीलता, एकाग्रता और उत्सुकता के बिना सफलता नहीं मिलती।
427. बच्चों को अच्छे – अच्छे संस्कार सिखाते रहना चाहिए होता है।
428. पद नहीं, सेवा सर्वोपरि होती है।
429. जिस व्यक्ति की विचार धारा शुद्ध होती है, उसकी हर मनोकामना आवश्य पूरी होती है।
430. दौलतमंद लोगों को मान – सम्मान मिले या नहीं, परन्तु हुनरमंद एवं बुद्धिमानों को मान – सम्मान जरूर मिलता है।

431. आप जहाँ भी रहें। चाहे अपने घर – परिवार में रहें या कार्यवश घर से दूर में रहें, परन्तु अपनी संस्कृति, परम्परा, रीति – रिवाज, मर्यादाओं को कभी न भूलें। अपसंस्कृति को न अपनायें और न उसे बढ़ावा देने का प्रयास करें।

432. आलोचना अथवा नफरत करने से किसी का भी दिल टूट जाता है। जबकि तारीफ सुनकर दिल खुश हो जाता है। इसलिए आलोचना, नफरत करने की आदत को निकाल फेंकना और तारीफ करने की आदत डाल लेना यह अच्छा होता है। क्योंकि कोई व्यक्ति आलोचना – नफरत करने की आदत से नहीं, तारीफ करने की आदत से मान – सम्मान पा सकता है।

433. बुद्धिमान लोगों में अधिक कल्पना शक्ति होती है। यही कारण है कि वे अपने हाथों से बड़े – बड़े कार्य सम्पन्न कर जाते हैं।

434. गलती का प्रायश्चित किया जाता है, लेकिन उसकी पुनरावृति का नहीं।

435. हम ऐसा अच्छा काम कर जाएं कि उससे अपना नाम भी और देश – प्रदेश का नाम भी रौशन हो जाये।

436. हर नागरिक के योगदान से ही देश महान बनता है।

437. उत्थान की ओर कदम बढ़ाना यह मनुष्य के लिए फलदायक होता है।

438. हर मनुष्य अपने माता – पिता, गुरू और मातृभूमि का ऋणी होता है।

439. वह सच्चा परिजन एवं मित्र होता है, जो अपने परिजन एवं मित्रों की उन्नति, उपलब्धि देख खुशी महसूस करता है।

440. पुनीत कार्य वह होता है, जिसको करने से हर किसी को सुख – शांति मिलती हो। चाहे वह कार्य छोटा हो या बड़ा। उससे क्या फर्क पड़ता है?

441. जहाँ कहीं दुनिया में चमक – दमक दिखाई दे रही है, वह ईमानदारों, बहादुरों, विद्वानों एवं वैज्ञानिकों की बदौलत से दिखाई दे रही है। हम उन पर गर्व करें और उन्हें सम्मान दें।

442. प्रतिभा प्रतिभावान की बौद्धिक सम्पत्ति होती है। जो कि वह भौतिक सम्पत्ति से भी बढ़कर होती है।

443. ऊँचे स्तर के लोग ऊँची सोच रखते हैं, ओछी सोच नहीं।

444. जिसका आत्मविश्वास ऊँचा होता है, उसका सपना अवश्य पूरा होता है।

445. चापलूसों एवं बेईमानों की नगरी में सज्जनों का कोई खास प्रभाव नहीं रह जाता। फिर भी वे वहाँ मौन रहना उचित समझते हैं। क्योंकि वे वहाँ अपनी सज्जनता – श्रेष्ठता खोना उचित नहीं समझते।

446. सज्जनों एवं गुरूओं का आचरण असाधारण होता है।

447. विनम्रता, ईमान, त्याग और क्षमा ये चार ऐसे गुण होते हैं, जो मनुष्य को महान बनाते हैं।

448. मधुर जीवन जीने से आत्मोन्नति होती है।

449. माता – पिता की सेवा प्रभु सेवा मानकर करना चाहिए।

450. एक सच्चा इंसान हमेशा जग का कल्याण चाहता है। फिर क्यों न हम भी एक सच्चा इंसान बनकर जग का कल्याण में समय दें ?

451. यदि आप योग्यता और क्षमतायुक्त हैं तो केवल उदाहरण देख – देखकर दिन न गुजारें, बल्कि ऐसा अच्छा कार्य कर दिखायें कि आप भी दूसरों के लिए एक उदाहरण बन जायें।

452. हम किसी काम में असफल तब हो जाते हैं, जब हम संघर्ष करने से डर जाते हैं या तो उस समय अपनी बुद्धि – विवेक का सही इस्तेमाल नहीं कर पाते हैं।

453. अपमान करने से अपमान ही मिलता है, सम्मान नहीं।

454. जब तक आप अपनी बुराई को त्यागना नहीं चाहेंगे, तब तक बुराई भी आपको त्यागना नहीं चाहेगी।

455. आलस्य मनुष्य को निर्धन बनाता है, परन्तु मनुष्य की एक बुराई पूरी जिन्दगी को बर्बाद कर देती है।

456. जानवर हिंसक हो सकते हैं, परन्तु इंसान नही। क्योंकि इंसानों में सोचने – समझने की शक्ति होती है, जानवरों में नहीं।

457. यदि आप सफल होना चाहते हैं, तो आप भी सफल लोगों के गुणों को अपनाने का प्रयास करें। फिर पूरी लगन एवं दृढ़ता के साथ अपने काम में डटे रहें, तब तक वह पूरा न हो जाये।

458. अपने परिवार में रहकर हँसी – खुशी के साथ जैसा जीवन जीया जाता है, वैसा ही जीवन और कहीं जीया जा नहीं सकता। इसलिए अपने परिवार के साथ प्रेम – व्यवहार से रहना सीखें।

459. एक मनुष्य का असली धन उसके सुविचार होते हैं।
460. सेवा कार्य करने के लिए कोई पद, उपाधि या उम्र की जरूरत नहीं पड़ती।
461. धनवान एवं बुद्धिमान बनना यह अच्छी बात है, परन्तु संस्कारवान होना यह और भी अच्छी बात है।
462. सरल व्यक्ति द्वारा अर्जित की गई प्रतिष्ठा स्थायी प्रतिष्ठा होती है।
463. वह देश, देश नहीं होता, जहाँ कोई भी मनुष्य नहीं होता।
464. पुण्य कर्म करने से आनंद ही आनंद मिलता है। जबकि पाप कर्म करने से दुख ही दुख मिलता है।
465. पुत्र जब कुपुत्र बन जाये, तो वह घर को बर्बाद कर देता है। लेकिन पुत्र जब सुपुत्र बन जाए, तो वह घर को आबाद कर देता है।
466. दुनिया के लोगों के साथ मिल – जुलकर रहना यह अच्छी बात है, मगर अपने परिवार के साथ मिल – जुलकर रहना वह और भी अच्छी बात है। क्योंकि जो खुशियाँ दुनिया से मिल नहीं पातीं, वे सारी खुशियाँ परिवार में मिल जातीं हैं।
467. नियम – कायदे पालन करने के लिए होते हैं, उन्हें देखकर पलायन करने के लिए नहीं।
468. अपनों के साथ पराये जैसा व्यवहार किया जाना नहीं चाहिए।
469. सदा मधुर वचन बोलना और सत्कर्म करते रहना यह जीवन के लिए सुखदायक होता है।
470. हम अपनी ताकत से दुनिया को बदल नहीं सकते, परन्तु शिक्षा की ताकत से हम दुनिया में कुछ तो बदलाव अवश्य ला ही सकते हैं।
471. नैतिकता के बिना कोई भी मनुष्य मूल्यवान बन नहीं सकता।
472. मुसीबतों से गुजरा हुआ व्यक्ति अपना हर कदम संभाल – संभाल कर रखता है।
473. विद्या से मनुष्य में विद्वता आती है और विद्वता का जितना मान किया जाये, उतना ही मनुष्य में चमक आती है।
474. कोई भी कार्य प्रारंभ करना यह अच्छी बात है, मगर कार्य प्रारंभ करने के पहले उसके परिणाम के बारे में जान लेना यह और भी अच्छी बात है।
475. असली धाक उसकी जमती है, जिसमें असली काबिलियत होती है।
476. कदम बढ़ाकर पीछे हटने वाले को मंजिल नहीं मिलती।

477. सफल व्यक्ति जब संघर्षरत् रहता है, तब उस समय वह अकेला ही लड़ता है, परन्तु जब वह सफल हो जाता है, तब उसका श्रेय स्वयं को न देकर साथियों को देना बेहतर समझता है।

478. अच्छे विचारों को सुनना, बोलना, पढ़ना एवं बताना सब चाहते हैं और जानते भी हैं, परन्तु सार तो तब है, जब उन्हें अपने जीवन में अमल में लाया जाये। क्योंकि केवल चाहने से कुछ नहीं होता, कुछ करने से कुछ होता है।

479. दूसरों के धन का हरण करना नहीं चाहिए। क्योंकि वह पराया धन होता है, जो कभी सुख दे नहीं सकता।

480. हर जगह व्यवस्था हमेशा बनी बनायी नहीं मिलती। उसे हम सब को मिलकर बनानी पड़ती है।

481. सफल लोगों को बहुत कुछ सिखाने की जरूरत नहीं पड़ती, बल्कि मूर्ख लोगों को बहुत कुछ सिखाने की जरूरत पड़ती है।

482. ज्ञान बीज को बाँटने से ही वह फलता – फूलता है।

483. जिन लोग सुखी हैं, उनके प्रति प्रेम भाव रखें, लेकिन जिन लोग या प्राणी दुखी हैं, उनके प्रति सद्भावना रखें और उनकी हर संभव मदद करने का प्रयास करें। यही असली मानवता है।

484. यदि आप आगे बढ़ना चाहते हैं, तो अपने दम पर जीवन संग्राम लड़ें। उसके लिए किसी दूसरे का भरोसा, आशा न करें। क्योंकि आप अपनी परिस्थिति को जितना समझ रहे होते हैं, वैसा कोई दूसरा समझ नहीं सकता।

485. विजयश्री उसी को मिलती है, जिसमें विजय पाने का साहस और प्रबल इच्छाशक्ति होती है।

486. यदि आपकी भावनाओं को कोई समझ नहीं रहा है, तो समझ जाना चाहिए कि वह आपको खास महत्व दे नहीं रहा है।

487. सफलता अर्जित करना यह किसी दो – चार लोगों का विशेषाधिकार नहीं होता, बल्कि उन सब लोगों का अधिकार होता है, जिनमें क्षमता एवं योग्यता होती है।

488. क्रोध न तो स्वयं के लिए अच्छा होता है और न ही दूसरों के लिये। इसलिए उसे त्यागना ही उचित होता है।

489. हर इंसान को एक – दूसरे की जरूरत होती है। इसलिए साथ में रहते हैं, साथ काम करते हैं, एक – दूसरे का सहयोग करते हैं। ऐसा ही व्यावहारिक जीवन चलता है।
490. जब कमरा अंधेरा हो तो दीया जलाइए, परन्तु दीया तभी जलेगा, जब उसमें बाती और तेल डालेंगे।
491. बड़े और छोटे लोगों में बड़ा अन्तर होता है। बड़े लोग अपना सुख त्यागकर समाज की शुचिता, उन्नति, व्यवस्था बनाये रखने और राष्ट्र के नव – निर्माण के कार्य में व्यस्त रहते हैं। जबकि छोटे लोग अपने ही सुख – सुविधा और पेट – परिवार के कार्य में मस्त रहते हैं।
492. पद योग्यता एवं दक्षतानुसार मिलता है। इसलिए किसी भी पदाधिकारी पर संदेह या ईर्ष्या करना नहीं चाहिए।
493. सुविचार एवं सुकर्म में एक बड़ी शक्ति अन्तर्निहित होती है। जिसका परिणाम सदैव सुखदायक व प्रेरणादायक के रूप में सामने आता है।
494. मनुष्य एक सामाजिक प्राणी होता है। इसलिए वह समाज में अपना भविष्य गढ़ता है और एक – दूसरे का साथ पाकर सुख पाता है।
495. निकट के परिजन असली स्नेही परिजन होते हैं। ये लोग ही बिना स्वार्थ के संबंध बखूबी निभाने जानते हैं। इसलिए उनके साथ मजबूती से जुड़े रहना चाहिए होता है।
496. बड़ों का आशीर्वाद बहुमूल्य होता है। जो कि वह हमारे जीवन में खुशहाली लाने का काम करता है।
497. किसी व्यक्ति के विचारों को सुनने, जानने के बाद ही सत्यता सामने आती है। इसलिए किसी के प्रति पहले से अलग तरह की धारणा बना लेना यह उचित नहीं होता।
498. श्रेय पाने का असली हकदार वही होता है, जो अपने श्रेष्ठ कर्मों से श्रेष्ठता दे जाता है।
499. परोपकार और परोपकारी की महत्ता कभी कम नहीं होती।
500. सेवा एवं सामाजिक कार्यों को करने के लिए पद की नहीं, सच्चे मन की जरूरत पड़ती है।
501. जिस मनुष्य को विद्याा भा जाती है, उसकी किस्मत चमक जाती है।
502. परिवार रूपी एक सुन्दर संस्था की रचना यह माँ – बाप की बदौलत से ही संभव हो पाती है।

503. किसी भी व्यक्ति से नफरत मत करो, बल्कि नफरत से नफरत करो। क्योंकि उससे पछतावा के सिवाय और कुछ नहीं मिलता। इसलिए अच्छे लोग उससे मीलों दूर रहना श्रेयस्कर समझते हैं।

504. शांति प्रिय लोग पूरे संसार में शांति देखना चाहते हैं। ऐसे लोग न केवल शांति से रहते हैं, बल्कि वे शांति व्यवस्था को बढ़ावा देने के प्रयास में भी लगे रहते हैं। फलतः ऐसे लोग साधारण नहीं, असाधारण लोगों की श्रेणी में गिने जाते हैं।

505. शराब पीने और जुआ खेलने की आदत मनुष्यों को बर्बाद करके रख देती है।

506. मित्रता उस व्यक्ति से करनी चाहिए, जो मित्रता का सम्मान करे और उसकी मर्यादा की समझ भी रखे।

507. इस संसार से एक मनुष्य के चले जाने पर लोग उसे भूल जाते हैं, लेकिन जिस मनुष्य के विचार एवं कर्म श्रेष्ठ होते हैं, उसे कभी भूलाया नहीं जा सकता।

508. चिन्ता मुक्त रहने की आदत यह एक अच्छी आदत होती है। क्योंकि यह आदत एक मनुष्य को निराशा, अवसाद में जाने से बचाती है।

509. उच्च योग्यता उच्च पद की आकांक्षी होती है।

510. गलत कार्य करने वालों को देखकर स्वयं भी गलत कार्य करने को जाना नहीं चाहिए, बल्कि ऐसे अवांछित कार्यों से बचकर रहना चाहिए होता है।

511. यदि आप सही हैं तो आपको सही स्थान अवश्य मिलकर रहेगा।

512. जो चीज हमारे पास नहीं होती, उसकी हमें ज्यादा तलाश रहती है, लेकिन उसको पाने के लिए स्वयं की भी हैसियत होनी चाहिए।

513. ज्ञान को अपने जीवन में अमल में लाया जाये, तभी उसकी उपयोगिता है। अन्यथा उसे मात्र संचय कर रखे रहने से उसकी कोई उपयोगिता नहीं है।

514. उत्कृष्ट कार्य साधारण स्तर का नहीं, असाधारण स्तर का होता है।

515. सत्य, समय, सद्गुण, सद्ज्ञान, सद्गुरू, ईश्वर एवं बड़ों का आदर एवं विश्वास करना सीखें।

516. हर चीज के लिए इंतजार करना यह ठीक नहीं रहता कि किसी साथी का साथ मिलेगा, तभी आगे बढ़ेंगे। यदि आप ऐसी सोच रखेंगे, तो कई महत्वपूर्ण उपलब्धियों से वंचित होते रहेंगे।

517. प्रसन्न मन से किया गया काम मनुष्य को प्रसन्न कर देता है।
518. जैसा जज्बा हम अपने मित्रों, साथियों, लोगों को शुभकामना, बधाई देने, खातिरदारी करने में या अपने आप को चमकाने में गहरी रूचि दिखाते हैं, वैसा ही जज्बा, तत्परता किसी दीन – दुखियों, कमजोर व्यक्तियों की मदद करने एवं समाज – देश की बेहतरी के लिए दिखाते तो यह धरती और भी सुन्दर बन जाती।
519. हिम्मत नहीं, तो जीत नहीं।
520. मनुष्य की इज्जत उसके कर्मों के अनुसार बढ़ती – घटती है, लेकिन एक मनुष्य को अपनी इज्जत बढ़ाने के लिए निरन्तर प्रयास करना चाहिए।
521. यदि आप फल का वास्तविक आनंद उठाना चाहते हैं, तो सही समय आने का इंतजार करना सीखें। क्योंकि फल अपने समय में ही लगेगा, मनुष्य की चाहने पर नहीं।
522. हमें अपने घर – परिवार के माहौल के अनुसार ढलने का प्रयास करते रहना चाहिए। तभी सुखी रह सकते हैं। परिवार में कुछ लोग ऐसे भी होते हैं, जो कामकाजी होते हैं। उनका ख्याल रखना भी बहुत जरूरी होती है। ताकि उनके मन में कड़वाहट भाव न आ पाये।
523. वक्त आने पर पराये भी अपने हो जाते हैं एवं अपने भी पराये हो जाते हैं।
524. स्वस्थ तन – मन का असली राज प्रसन्नता और सकारात्मकता में निहित होता है।
525. श्रेष्ठ इंसान रत्नों के समान मूल्यवान होते हैं। इसलिए वे समाज में कम संख्या में होते हैं।
526. शिक्षा हमें जीवन जीने की विविध कला सिखाती है। जो कि वह जीवन के लिए हर समय उपयोगी साबित होती है।
527. आप किसी से न लड़ो, न झगड़ो, बल्कि शांति पूर्वक जीवन जीने में विश्वास रखो। इसी में सब की भलाई है।
528. जिस प्रकार शरीर के सभी अंगों का कोई न कोई महत्व होता है। उसी प्रकार समाज के हर वर्ग के लोगों का कोई न कोई महत्व अवश्य होता है। इसलिए किसी को भी महत्वहीन समझना यह उचित नहीं होता।

529. मानव जीवन की सबसे महत्वपूर्ण अवस्था युवा अवस्था होती है। क्योंकि इस अवस्था में बहुत कुछ कर दिखाने की क्षमता एवं योग्यता जो होती है।
530. ऊँचे स्तर के चरित्र से मनुष्य मूल्यवान बनता है।
531. शांति की पौधा रोपित करने के बाद ही मीठे फल मिलते हैं।
532. जब सफलता अपने द्वार आती है, तो जिन्दगी खुश हो जाती है। फिर इसके बाद वह चुपके से एक बढ़िया संदेश दे जाती है कि भविष्य में भी पूरे उत्साह व साहस के साथ तुम्हें आगे बढ़ते रहना होगा।
533. दूसरों की योग्यता, क्षमता, विद्वता, धन – सम्पत्ति और हँसी – खुशी को देखकर ईर्ष्या नहीं करनी चाहिए।
534. वास्तव में वह व्यक्ति बड़ा बुद्धिमान होता है, जो वर्तमान समय को भरपूर आनंद के साथ जीता है और उस दौरान अपने भविष्य को मजबूत बनाने के लिए आधार तैयार कर लेता है।
535. संसार में इंसान बहुत होते हैं, मगर ईमानदार एवं समझदार इंसान बहुत कम होते हैं।
536. एक – दूसरे से जुड़े रहने की हर जिन्दगी की अरमान होती है, लेकिन टूटकर अलग – थलग रहने से किसी को कोई पहचान नहीं मिलती।
537. व्यवस्था को अव्यवस्थित करने से काम बनता नहीं, बल्कि व्यवस्थित करने से काम बनता है।
538. जिस प्रकार सफलता समर्पण माँगती है। उसी प्रकार महानता त्याग माँगती है।
539. जिन्दगी को सुखद बनाने के लिए उसकी उचित देखभाल एवं परवाह करनी पड़ती है।
540. सही तरीके अपनाकर ही सफल हुआ जा सकता है। क्योंकि सही तरीके अपनाने से ही सही परिणाम और गलत तरीके अपनाने से गलत ही परिणाम मिलता है।
541. बात मानने से बात बनती है। जैसे पानी पीने से प्यास बुझती है।
542. संस्कारहीन जीवन निरर्थक जीवन होता है।
543. माँ – बाप वह धन – दौलत है, जिसके सामने दुनिया की अकूत धन – दौलत भी तुच्छ जान पड़ती है।

544. अहंकार वह रेगिस्तान है, जहाँ पर फूल नहीं खिलते।
545. सफल लोग अपने भविष्य का निर्माण स्वयं करते हैं।
546. बहादुर वह होता है, जीत हासिल करने के बाद भी अपनी विनम्रता का त्याग नहीं करता, बल्कि वह अपनी विनम्रता में और भी निखार लाने का प्रयास करता है।
547. जितना भी बलवान, धनवान बनना चाहें, बन लें, लेकिन एक बात जरूर याद रखें कि इस संसार में भगवान की आज्ञा के बिना एक पत्ता भी नहीं हिलता।
548. एक मनुष्य को अपनी शारीरिक सुन्दरता से नहीं, बल्कि अच्छे काम, अच्छी जुबान और अच्छे आचरण की बदौलत प्रतिष्ठा मिलती है।
549. हर इंसान में बुराई होती है, परन्तु उसको त्याग करने में ही इंसान की भलाई होती है।
550. मजबूत नींव में ही मजबूत मकान खड़ा हो सकता है।
551. मार्गदर्शक और गुरू आपकी भलाई के लिए ही सोचते हैं। हम भी दूसरों की भलाई के लिए सोचें। क्योंकि दूसरे लोगों की भलाई के लिए सोचना यह अपने जीवन के लिए एक बड़ी बात होती है।
552. जिस प्रकार जंगल मंगलदाता होता है। उसी प्रकार साहित्य ज्ञानदाता होता है।
553. अन्याय की राह में चलोगे, तो कभी न्याय नहीं मिलेगा , परन्तु न्याय की राह में चलोगे, तो आप के साथ कभी अन्याय नहीं होगा।
554. आदर्श की राह पर चलने वाला हर समस्या का समाधान निकालने में सक्षम रहता है और वह कई तरह की चिन्ताओं एवं निराशा से मुक्त रहता है।
555. सकारात्मक सोच में खुशियों का खजाना छिपा होता है। इसलिए सकारात्मक सोच के साथ जीना अच्छा होता है।
556. जीना है तो अपने दम पर जीओ, दूसरे के दम पर नहीं।
557. अपशब्द एक ऐसा बाण होता है, जो सुनने वाले के दिल को गहरा आघात पहुँचा जाता है।
558. ऊपर उठने में आनंद आता है, नीचे गिरने में नहीं।
559. हम अपने आप को मूल्यवान बना सकते हैं या नहीं। यह हमारी सोच और कर्मों पर निर्भर करता है।

560. मनुष्य बुद्धिजीवी होता है। वह किसी का नाम, ठिकाना, हावभाव जाने बिना उस पर एकाएक विश्वास या भावनात्मक लगाव नहीं रखता। विश्वास तभी बढ़ता है, जब मिल – बैठकर एक – दूसरे की भावनाओं को समझता है और आदर व्यवहार करता है।
561. लालच प्रवृत्ति वाला व्यक्ति अंततः दुर्गति को ही प्राप्त करता है।
562. एक व्यक्ति में चमक तभी आती है, जब वह अपनी मेहनत, साहस और प्रतिभा का सही – सही इस्तेमाल करने जान लेता है।
563. मानवीय बुराइयों को जितना आश्रय दिया जाए, उतना ही वे सिर पर चढ़तीं हैं और यदि आश्रय न दिया जाए तो उतनी ही जल्दी भाग जातीं हैं।
564. एक मनुष्य का असली चरित्र तभी पता चलता है, जब उसके साथ कुछ दिनों – महीनों तक रहा जाये।
565. जिसे ठीक से पढ़ना, बोलना नहीं आता और न ही समझना आता, उस व्यक्ति के लिए किसी ऊँचे स्थान में बैठने की इच्छा रखना यह एक सपना बनकर रह जाता है।
566. वास्तव में आप अंधेरा दूर करना चाहते हैं, तो आप एक दीपक जलाकर देखें और खुशी का एहसास करें।
567. परायी चीजों पर लालच नहीं करना चाहिए।
568. वह व्यक्ति कभी किसी की तारीफ करने में रूचि दिखाता नहीं, जिसमें या तो कमजोरियाँ होतीं हैं या तो वह अहंकारी – ईर्ष्यालु होता है।
569. जिस व्यक्ति को सद्‌गुणों का साथ मिलता है, वह अपने जीवन में खूब तरक्की कर जाता है।
570. प्रशंसा एक ऐसी उपयोगी दवा के समान होती है, जो हर किसी को प्रसन्न कर जाती है।
571. देश सेवा कहीं भी रहकर की जा सकती है। उसके लिए देश की राजधानी या अंतिम सीमा में ही जाने की जरूरत नहीं पड़ती।
572. अच्छे लोग हमेशा अच्छे लगते हैं। क्योंकि वे हर परिस्थिति में अच्छे बने रहते हैं।
573. राग – द्वेष त्यागकर शांतिपूर्वक जीवन जीने की इच्छा रखना यह सदा फलदायक होता है।

574. अपने आप को पहचानना यह मनुष्य का एक बड़ा काम होता है। जो कोई इंसान अपने आप को पहचान लेता है, वास्तव में वह जीवन में बहुत कुछ हासिल करने में सफल रहता है।

575. गलत कार्यों को बढ़ावा देना यह दुर्जनों का काम होता है, सज्जनों का नहीं।

576. जिस व्यक्ति के पास देने लायक कुछ चीजें होतीं हैं, वही कुछ चीजें दूसरों को दे सकता है, परन्तु जिसके पास देने लायक कुछ भी चीजें न हों, वह कुछ भी चीजें दूसरों को दे नहीं सकता। ऐसा लाचार व्यक्ति से कुछ पाने की अपेक्षा करना निरर्थक होता है।

577. ईमानदार, मेहनती, बुद्धिमान और खुशी बाँटने वाला इंसान हर जगह मान – सम्मान पाता है।

578. अगर विद्यार्थी अपने हर कार्य को परीक्षा समझ कर करने लगे, तो निश्चित मानिए उसका हर कार्य का परिणाम बहुत ही संतोषप्रद रहेगा।

579. गन्ना और सज्जन ये दोनों एक समान होते हैं। वे दोनों कहीं भी रहें, अपनी मधुरता नहीं छोड़ते।

580. यदि दुनिया में कोई भाषा ही नहीं होती, फिर तो हमारी कोई पहचान ही नहीं होती। क्योंकि मनुष्य को पहचान दिलाने में भाषा की अहम भूमिका होती है।

581. संकट की घड़ी में जब हम सब एक हो जाएं, तो उससे अच्छा और क्या हो सकता है ? क्योंकि मनुष्य समझदार होता है और वह किसी भी तरह के संकट से उबरने का उपाय निकाल ही लेता है।

582. एक कर्त्तव्य परायण अथवा सफल व्यक्ति कोई खास वजह आ जाने के बाद भी अपने काम से दूर न रहकर उसमें डटा रहता है। जबकि कामचोर, बहानेबाज व्यक्ति बिना खास वजह के अपने काम से भागने के ताक में लगा रहता है।

583. विचार चाहे वे कोई अच्छे लोगों के हों या महापुरूषों के हों। यदि वे अच्छे हैं तो उसे सहेज कर रखना चाहिए। क्योंकि ऐसे अच्छे एवं उपयोगी विचार बड़ा ही उपयोगी व जीवन मंत्र के समान होते हैं।

584. एक – दूसरे की मदद करने से असंभव जैसे लगने वाले कार्य को भी संभव किया जा सकता है।

585. षड़यंत्रकारियों के राज में किसी भी जनता को सुख–शांति नहीं मिलती। यह वहाँ की जनता का दुर्भाग्य होता है।
586. शक्तिशाली व्यक्ति का करीबी होना हर कोई चाहता है, परन्तु निर्बल का कोई नहीं।
587. समझदार व्यक्ति अपमान से डरते हैं। इसलिए वे अपना हर काम सोच – समझकर करते हैं।
588. हमारी भाषा, परिभाषा और कुछ हद तक अभिलाषा माँ – बाप की ही देन होतीं हैं।
589. केवल अपने लिए जीने वाला महान नहीं होता, बल्कि समाज – देश हित, सेवा के लिए जीने वाला महान होता है।
590. परिवर्तन से डरने वाला अपने आप में कभी परिवर्तन ला नहीं सकता।
591. जिस धन को पाकर तन – मन सुख पाता है, वही धन असली धन होता है।
592. सर्प और शत्रु को सहलाने का प्रयास करना नहीं चाहिए।
593. अच्छे लोगों का हर कार्य हमेशा अच्छे ही होते हैं। क्योंकि वे अच्छे कार्यों को ही अंजाम देना पसंद करते हैं।
594. जिसका हृदय उदार एवं प्रेममय होता है, वह हर नाते – रिश्ते को बेहतर ढंग से निभाना जानता है।
595. जीवन में उन्नति पथ पर बढ़ना एवं पहाड़ की चोटी की ओर चढ़ना ये दोनों काम उतना आसान काम नहीं होते, जितना लोग समझते हैं। क्योंकि उन दोनों काम के लिए कड़ी मेहनत, बुलन्द हौसला और दृढ़ इच्छाशक्ति की जरूरत होती है।
596. केवल दो – चार वर्ष सेवा – सत्कार कर देने से माता – पिता के ऋणों से मुक्ति नहीं मिल जाती, अपितु उनका जीवन भर सेवा – सत्कार किया जाये तो भी वह कम पड़ जाता है।
597. एक भूल करने के बाद और भूल होती है। जिसे समय रहे सुधार कर लेनी चाहिए। अन्यथा वह स्वयं के लिए घातक सिद्ध हो सकती है।
598. हर व्यक्ति को अपनी मातृभूमि एवं कर्मभूमि से बड़ा ही लगाव रहता है। चूँकि वे दोनों वन्दनीय होतीं हैं।
599. मिसाल कायम किये बिना बेमिसाल बना नहीं जा सकता।

600. विनम्र, परोपकारी एवं चरित्रशील व्यक्ति हर किसी का प्रिय पात्र होता है।
601. उस व्यक्ति के नेतृत्व को हर किसी को स्वीकार्य होता है, जिसमें छोटे – बड़े हर किसी को साथ लेकर चलने का गुण होता है।
602. बदले की भावना रखने वाला मनुष्य स्वयं का शत्रु होता है।
603. गुणग्राही व्यक्ति ही गुणवान बनता है।
604. धर्म, सत्य एवं न्याय के प्रति विश्वास बनाये रखना चाहिए।
605. सज्जन, सद्‌गुरू, विद्वान, महात्मा, ख्यातिलब्ध, सफल लोग ये सब एक प्रेरणादायक, शिक्षाप्रद, ज्ञानवर्द्धक एवं रोचक पुस्तक के समान होते हैं। उन्हें जितना पढ़ा जाये, उतना ही अधिक ज्ञान, प्रेरणा, शिक्षा और प्रसन्नता मिलती है।
606. नदी की जलधारा उसी ओर बहती है, जिस ओर ढाल होती है। उसी प्रकार किसी व्यक्ति की विचारधारा वैसी ही बनती है, जैसी उसके घर – परिवार की रहन – सहन होती है।
607. चोरी चाहे दिन में की जाये या रात में। अंततः वह व्यक्ति चोर ही कहलाता है।
608. जब तक अच्छे काम करते रहो, तब तक लोग चुप्पी साध लिये रहते हैं, लेकिन जब कभी एक भी गलती हो जाये, तो हर किसी का मुँह खुल जाता है।
609. जहाँ विनम्रता होती है, वहाँ उद्दंडता नहीं होती और जहाँ उद्दंडता होती है, वहाँ विनम्रता नहीं होती।
610. भाषाएं तो अनेक होतीं हैं, परन्तु हर मनुष्य की अपनी मातृभाषा नेक होती है। क्योंकि उसी भाषा को सुन, बोल, समझकर अपनी जिन्दगी की शुरूआत किये रहते हैं।
611. बिना मेहनत के पाया हुआ धन शीघ्र नष्ट हो जाता है।
612. कड़ी मेहनत करके अर्जित धन का महत्व धन कमाने वाला व्यक्ति ही जान सकता है। उपभोग करने वाला अथवा कोई दूसरा व्यक्ति उसका महत्व नहीं जान सकता।
613. क्रोध वह अवगुण है, जो प्रेम और बुद्धि – विवेक को नष्ट करने का काम करता है।

614. साहित्य समाज की धरोहर होता है। हम जैसे – जैसे साहित्य के अन्दर जाते हैं, वैसे – वैसे हमारे मन – मस्तिष्क, नए –नए ज्ञान अर्जित कर आनंद प्राप्त करते जाते हैं।
615. कायर एवं दुष्ट लोगों पर विश्वास करना नहीं चाहिए।
616. माता – पिता की कृपा पाये बिना प्रभु कृपा पाने की आशा मत करो। क्योंकि जब माता – पिता खुश रहते हैं, तभी प्रभु जी भी खुश रहते हैं।
617. बुद्धिमानी और सावधानी से काम करने से वह काम बिगड़ता नही, बनता है।
618. जिस व्यक्ति का ईमान, साहस, योग्यता और मनोबल जितना ऊँचा होता है, वह उतना ही ऊँचा स्थान पा सकता है।
619. जो व्यक्ति अपराध करता है, उसे कोई माफ नहीं करता। ऐसा व्यक्ति को सजा मिलकर रहती है। चाहे वह सजा ऊपर वाला दे या नीचे वाला दे।
620. सफलता से प्रसन्नता मिलती है, विफलता से नहीं।
621. जनहित के उद्देश्य से किये गये कार्यों से जैसा आनंद मिलता है, वैसा आनंद स्वहित के लिए किये गये कार्यों से नहीं मिलता। क्योंकि जनहित स्वहित से बढ़कर होता है।
622. विद्यालय के गुरू के अलावा माता – पिता, परिजनों एवं मित्रों से जो शिक्षा, ज्ञान मिला होता है, उसे अपने जीवन में उपयोग करना चाहिए। तभी जीवन सुखदायक बन सकता है।
623. प्राथमिकता के आधार पर काम को करना चाहिए। जो काम पहले करना है, उसे पहले ही करना चाहिए।
624. सद्गुणों को अपनाने से ही गुणवान बना जा सकता है।
625. मानव जीवन तभी सार्थक बन सकता है, जब हम अपने जीवन को उन्नत एवं सार्थक बनाने के प्रयास में दृढ़ता के साथ लगे रहेंगे।
626. किसी को भटकाने या धोखा देने का काम करना नहीं चाहिए।
627. मार्गदर्शन करना और मार्गदर्शन पाना ये दोनों कार्य दोनों व्यक्तियों को आनंदित कर देते हैं।
628. विपत्ति हमें सच्चाई से रूबरू कराती है। वह मानव जीवन को डरवाने को नहीं, मजबूत बनाने को आती है।

629. मानव जीवन एक प्रयोगशाला है। इसलिए प्रयोग करते रहिए और उससे मिले अनुभव का लाभ उठाते रहिए।
630. माँ – बाप से जैसी कृपा मिलती है, वैसी कृपा दूसरों से कदापि मिल नहीं सकती।
631. एक अच्छे खिलाड़ी की क्या पहचान ? जो दमखम के साथ अंतिम क्षण तक डटे रहे मैदान।
632. एक सच्चा इंसान सच्चाई की राह पर चलना अपना गौरव समझता है।
633. जिनके माता – पिता पढ़े – लिखे एवं संस्कारी होते हैं, उनके बच्चे भी शिक्षित, संयमी एवं संस्कारी होते हैं।
634. जब हमारे अन्दर प्रेम और मित्रता की भावना होगी, तभी हम पराये को भी अपना बना सकते हैं। इसलिए प्रेम और मित्रता के दामन को कभी मत छोड़िए। क्योंकि ऐसा करने से जीवन को बड़ा आनंद प्राप्त होता है।
635. पेड़ – पौधों को कहीं लगा देना यह बड़ी बात नहीं है, बल्कि उन्हें लगाकर पेड़ बनाना यह बड़ी बात होती है।
636. यदि सावधानी पूर्वक किसी काम को किया जाये, तो कई संकट भी टल जाते हैं और वह काम भी अच्छा सा बन पड़ता है।
637. वैवाहिक जीवन का सुख और सन्तान प्राप्ति का सुख ये दोनों सुख उत्तम सुख होते है।
638. यदि आप आगे बढ़ना चाहते हैं, तो अपनी निगाहें अपनी ओर जमाये रखिए, दूसरों की ओर नहीं। यदि आप ऐसा करने में कामयाब हो गये तो समझ लीजिए आप अवश्य कामयाब होकर रहेंगे।
639. हर इंसान के विचार और काम करने के तरीके अलग – अलग होते हैं। लेकिन जब हम किसी काम को एक साथ मिलकर करते हैं, तो वे सब तरीके समन्वित होकर एक बेहतरीन तरीके को जन्म देते हैं। इससे जो परिणाम आता है, वह सबको आश्चर्य चकित कर देता है।
640. नारी की रक्षा व सम्मान करना यह हर किसी का कर्त्तव्य होता है।
641. जिस प्रकार मेहनत करने से धन की वृद्धि होती है। उसी प्रकार चिन्तन – मनन करने से ज्ञान की वृद्धि होती है।
642. इशारों से फैसला नहीं बदलता। न्याय संगत विचारों से बदलता है।

643. माता – पिता ने जिन पुरानी चीजों, धन – जायदादों को अपने अंतिम क्षण तक सहेज कर रखे हुए थे, वे सब चीजें सन्तानों के लिए सबसे अधिक प्रिय एवं अनमोल होतीं हैं। पुत्रों को चाहिए कि उन सब चीजों को और बढ़ाते हुए सहेज कर रखें ही नहीं, बल्कि उन्हें और सुन्दरतम रूप देने का प्रयास करें। ऐसा सुन्दर उपाय करने से ही नई पीढ़ी को उन्हें सौंपकर उनका भविष्य उज्ज्वल बनाया जा सकता है।
644. जो व्यक्ति किसी को क्षमा नहीं करता, उसे कोई क्षमा नहीं करता।
645. माँ – बाप नहीं होते, तो आज हम भी इस दुनिया में जन्म लिये नहीं होते।
646. जिस रास्ते पर चलना हो, उस रास्ते के बारे में जानकारी पहले से ले लेना बेहतर होता है।
647. विषम परिस्थिति से सामना करते समय दुर्बल व्यक्ति असफल हो सकता है, मगर बहादुर नहीं।
648. यदि जीवन में एक – दो बार विफल हो जाते हो, तो उसमें कोई गलत बात नहीं है। लेकिन हर बार विफल हो जाते हो, तो यह जरूर गलत बात है। ऐसी स्थिति में पुनर्विचार करने की जरूरत होती है।
649. वास्तव में सकारात्मक जिन्दगी ही वास्तविक एवं खूबसूरत जिन्दगी होती है।
650. आप किसी व्यक्ति को धन दे सको या नहीं, परन्तु ज्ञान और मान जरूर दो। ताकि वह ज्ञान और मान पाकर अपने जीवन को धन्य बना सके।
651. एक – दूसरे के घर – परिवार में आना – जाना, लेन – देन करने से आत्मीयता, मित्रता बढ़ती है।
652. गलती करने वाला गलतदार होता है। लेकिन जो कोई समय रहते अपनी गलती स्वीकार कर ले। फिर तो वह समझदार कहलाता है।
653. संकीर्ण सोच व्यक्ति को कभी ऊपर उठने नहीं देती।
654. अहंकार का काम हमेशा अप्रिय हुआ करता है। वह केवल नीचा दिखाना जानता है, ऊपर उठाना नहीं।
655. उस बड़ी से बड़ी शिक्षा का कोई महत्व नहीं, जिसको हमने थोड़ी सी भी अपने जीवन में अपनायी नहीं।

656. सांसारिक जीवन जीने में मजा है, परन्तु एकांगी जीवन जीना यह एक तरह से कष्टप्रद से कम नहीं है।
657. सत्संगति से मनुष्य की छवि में निखार आता है।
658. केवल अच्छे – अच्छे कपड़े – लत्ते पहन लेने से मनुष्य की सुन्दरता नहीं बढ़ती, बल्कि उसके अच्छे विचारों, वचन और कर्मों से सुन्दरता बढ़ती है।
659. प्रतिशोध की भावना मानसिक विकृति का परिचायक है। वह भावना जहर से भी घातक होती है। जो कोई व्यक्ति विवेकशील होते हैं, वे इस तरह की घटिया भावना से बचकर रहते हैं।
660. हम इतना सक्षम बन जायें कि दूसरों के सामने हाथ पसारने की नौबत ही न आये।
661. हकीकत जाने बिना किसी के प्रति द्वेष भाव नहीं रखना चाहिए।
662. समाज को शिक्षकों से है एक बड़ी अपेक्षा, जन – जन को मिलता रहे, ज्ञान और शिक्षा।
663. देखी गई चीजों पर जितना भरोसा किया जा सकता है, उतना भरोसा अनदेखी चीजों पर नहीं।
664. धनवान इसलिए धनवान बनता है कि वह मेहनतशील होता है, धन का उचित प्रबंध करना जानता है और एक – एक दाने का महत्व भी समझता है।
665. साहसी लोगों के सामने समस्या आने पर उसे देखकर टूटते नहीं, उससे जूझते हैं। इसलिए वे हमेशा जीतते हैं।
666. सच्ची मित्रता हमारे जीवन में नई – नई खुशियाँ लाने का काम करती है।
667. दुनिया को हर प्रकार के लोगों की जरूरत होती है। लेकिन बेईमान, धोखेबाज, दुष्ट एवं अत्याचारियों की नहीं।
668. सुखी और शांतिपूर्वक जीवन जीने के लिए मन में पवित्र भावना बनाये रखना यह बहुत जरूरी होती है।
669. नारी का असली आभूषण सोना – चाँदी नहीं, उसकी लज्जा है।
670. ज्ञान की बातें तिजोरी में रखने की चीजें नहीं होतीं, बल्कि वे बाँटने की चीजें होतीं हैं।
671. यदि मन में उत्सुकता, जज्बा और साहस हो , तो मुश्किल काम भी आसान हो जाता है।

672. हम केवल अपने लिए न सोचें, अपितु समाज – देश के लिए भी सोचा करें। क्योंकि समाज – देश की खुशहाली में ही हमारी खुशहाली निहित है।
673. कामचोर, बहानेबाज लोग एक दिन में पूरा होने वाला काम को दो दिन लगा देते हैं, जबकि उत्साही, कर्त्तव्यनिष्ठ एवं सफल लोग दो दिन के काम को एक दिन में ही पूरा कर जाते हैं।
674. एक मनुष्य शांतिपूर्वक जीवन जीना चाहता है, क्योंकि वह हमेशा शांति पसंद करता है।
675. कायर लोग सामने आयीं समस्याओं से लड़ते – लड़ते धराशायी हो जाते हैं, जबकि बहादुर लोग उनसे लड़ते – लड़ते समस्याओं को ही धराशायी कर जाते हैं।
676. क्षमा करने को कोई उम्र की नहीं, श्रेष्ठ भावना होनी चाहिए।
677. संघर्ष किये बिना जीवन में हरियाली नहीं आती।
678. हमारे लिए हम सब कुछ हो सकते हैं, मगर दूसरों के लिए हम क्या हो सकते हैं ? उस पर विचार – मंथन करें और अपने कार्य – व्यवहार से दूसरों को बताने का प्रयास करें।
679. खेती – किसानी देश की रीढ़ की हड्डी जैसी होती है। क्योंकि उसी से देश में खुशहाली आती है।
680. सफल व्यक्ति इसलिए सफल होता है। क्योंकि वह हर समय कुछ न कुछ नया सीखता रहता है और अपने आप को पहले से भी अधिक बेहतर बनाने का प्रयास करता रहता है।
681. सफलता उस इंसान को साथ देती है, जिसने परिश्रम को अपना साथी बनाकर आगे बढ़ने का संकल्प ले रखा होता है।
682. तारीफ से लोगों के बीच न केवल प्रसन्नता, विश्वास, सम्मान भाव बढ़ता है, बल्कि आपसी भाईचारा, मित्रता, नई ऊर्जा का भी संचार होता है। इसके अलावा वैमनस्यता, कटुता भी दूर हो जाती है।
683. जहाँ संस्कार नहीं होता, वहाँ कोई चमत्कार नहीं होता।
684. विपत्ति के समय किसी व्यक्ति से छोटी सी भी मदद मिलना यह जीवन के लिए एक बड़ी बात होती है।
685. नेक इंसान बनने के लिए सत्कर्मों का सहारा लेना एवं बुरे विचारों का हमेशा के लिए त्याग करना यह अच्छा होता है।

686. किसके जीवन में तकलीफें नहीं आतीं ? अर्थात् हर किसी के जीवन में तकलीफें आतीं हैं। बस उन्हें देखकर घबराने की नहीं, आगे बढ़कर सामना करने की जरूरत पड़ती है।
687. शिष्ट व्यवहार व्यक्ति का वह गहना है, जो व्यक्ति की खूबसूरती बढ़ा देता है।
688. एक – दूसरे के साथ प्रेम, विश्वास और भाईचारा की भावना बनाये रखना चाहिए।
689. जैसे कठिनाई से गुजरे बिना कठिनाई के मर्म को नहीं जाना जा सकता है। वैसा ही दुख भोगे बिना आंतरिक दुख को नहीं जाना जा सकता।
690. उस काम को न करें, जिस काम में आपकी रूचि और क्षमता नहीं है। यदि ऐसी स्थिति में उसे करने का प्रयास भी किया जाये, तो विफलता ही हाथ लग सकती है।
691. हुनर सीखने के बाद ही दक्ष, हुनरबाज बना जा सकता है।
692. एक सच्चा मित्र हमेशा हितचिंतक एवं सहायक होता है, बाधक नहीं।
693. मनुष्य की गरिमा धन – दौलत से नहीं, उसके सुविचारों और सत्कर्मों से बढ़ती है।
694. जीवन को सुख – शांति यूँ ही सहज में मिल नहीं जाती। उसे पाने के लिए कठिन साधना करनी जो पड़ती है।
695. अहंकारी जीता तो है, परन्तु सुख – शांति से नहीं।
696. सादगीपूर्ण जिन्दगी में महक और चमक दोनों होतीं हैं। साथ ही हर किसी को प्रभावित करने की क्षमता होती है।
697. निन्दा विवादों की जननी होती है।
698. वीरता दिखाए बिना कोई भी संग्राम जीता नहीं जा सकता।
699. अगर जीवन मंत्र जान लेने के बाद भी जीवन न सुधरा, तो उस जीवन मंत्र एवं मनुष्य जीवन का कोई महत्व नहीं रह जाता।
700. असली बहादुर तो वह व्यक्ति होता है, जो अपने दम पर नदी तैरकर पार करता है। नाव में बैठकर नाविक के दम पर पार करना यह कोई बहादुरी नहीं होती।
701. बच्चों की परवरिश एक बालवाटिका की तरह सजग रह कर करनी चाहिए। क्योंकि ऐसा करने से बच्चे ज्यादा योग्य एवं ज्ञानी बनते हैं।

702. हर दिन कुछ न कुछ नया सीखते रहने का प्रयत्न करते रहना चाहिए। क्योंकि ऐसा करने से जिन्दगी खूबसूरत बनती है।
703. प्रतिभा, योग्यता और क्षमता ये तीन ऐसी शक्तियाँ हैं, जो दूसरों की चापलूसी करने को कभी प्रेरित नहीं करतीं।
704. गलत लोगों की संगति कभी नहीं करनी चाहिए। क्योंकि उससे लाभ नहीं, हानि ही होती है।
705. माँ – बाप से ही सन्तान को अपनी पहचान मिलती है।
706. निराशा से भरी जिन्दगी नारकीय जिन्दगी जैसी होती है।
707. जीवन धन से चलता है। जिसे हर मनुष्य को ईमानदारीपूर्वक कमाना पड़ता है।
708. हैसियत के अनुसार ईमारत बनती है और ईमारत के अनुसार हमारी हैसियत का पता चलता है।
709. विजयश्री पाने का असली हकदार एक बहादुर ही होता है, कायर नहीं।
710. अच्छी आदतों एवं सफल लोगों की कार्य शैली को देखकर सीखने में कभी परहेज करना नहीं चाहिए। क्योंकि सीखने से ही अपने जीवन में आशातीत बदलाव लाया जा सकता है।
711. जीवन और भवन का निर्माण बहुत ही सोच – समझकर करना चाहिए। क्योंकि ये दोनों स्थायी होते हैं। लेकिन याद रखें, उनके निर्माण में एक छोटी सी चूक भी जीवन भर खटकती रहती है।
712. कुछ लोग संसाधन होते हुए भी आगे बढ़ नहीं पाते और वे असफल रहते हैं। जबकि कुछ लोग ऐसे भी होते हैं, जिसके पास पर्याप्त संसाधन नहीं होने के बावजूद बहुत आगे बढ़ जाते हैं और वे सफल भी रहते हैं। वास्तव में देखा जाये तो सफल होने के लिए संसाधन का होना कोई खास मायने नहीं रखता, बल्कि अपने आप में साहस, जज्बा, लगन और आत्मविश्वास का होना भी बहुत जरूरी होती है।
713. जीवन में आयी हर विपत्ति व्यक्ति को सुधरने , सम्हलने और उभरने की सबक दे जाती है।
714. विनयशील, दयावान और ईमानदार इंसान का समाज में वैसा ही स्थान होता है, जैसा स्थान आसमान में चाँद – सितारों का होता है।

715. नैतिकता का मूल्य कल भी था, आज भी है और कल भी रहेगा। क्योंकि उसका मूल्य कभी कम नहीं होता।
716. श्रेष्ठजन एक ही तरह के कार्य में व्यस्त नहीं रहते, बल्कि विभिन्न तरह के जनसेवा कार्यों में भी व्यस्त रहते हैं। इसलिए उनका जीवन धन्य हो जाता है।
717. सदाचरण मनुष्य का असली धन होता है।
718. जो व्यक्ति विपत्तियों से जूझ नहीं सकता, वह देर – सबेर टूट ही जाता है।
719. स्वयं में दृढ़ता लाना पड़ता है, तभी जीतना संभव हो पाता है।
720. गलत कार्य मनुष्य को गलत जगह पहुँचा देता है। क्योंकि गलत कार्य का परिणाम हमेशा गलत ही होता है।
721. हर साथी अमीर नहीं होता, गरीब भी हो सकता है। इसलिए उसे भी करीब रखो और उसे मत भूलो। यदि आप ऐसा कर लेते हैं, तो समझिए आपका जीवन अच्छा बन पड़ेगा।
722. दिन को दिन ही कहा जाता है, रात नहीं। उसी प्रकार सत्य को सत्य ही कहा जाता है, असत्य नहीं।
723. जिन्दगी को जीतने में ही सार है। इसलिए जीवन मूल्यों का मान रखें और भविष्य की योजना बनाकर चल पड़ें।
724. लगन और उत्साह के साथ किया गया कार्य में जितना अच्छा परिणाम आता है, उतना मजबूरी में किया गया काम में नहीं आ सकता।
725. आशावादी, निराशावादी से कहीं अधिक श्रेष्ठ होता है।
726. उच्च विचार रखने वाला इंसान आनंदित जीवन जीता है।
727. उद्देश्यपूर्ण जीवन एक उत्तम जीवन होता है।
728. जिस इंसान में सीखने की आदत होती है, वह हर मुसीबत को हँसते – हँसते दूर कर लेता है।
729. सरल जीवन जीना यह हर व्यक्ति को नहीं आता। वास्तव में सरल जीवन में फूल सी महक और सोना जैसी दमक होती है।
730. साहित्य से समाज को जितना भी ज्ञान मिलता है, वह धन – दौलत से भी बढ़कर होता है।

731. हम कौन सा धर्म मानते हैं ? ये महत्वपूर्ण बात नहीं है, बल्कि अपने राष्ट्र के प्रति कितना अधिक प्रेम, विश्वास एवं आस्था रखते हैं ? ये महत्वपूर्ण बात है।
732. हमारा बड़प्पन इस बात में है कि हम अपने मन में जो कुछ अच्छे विचार रखते हैं, वैसा ही अपने कार्य – व्यवहार में भी कर दिखायें।
733. वे व्यक्ति सबसे ज्यादा खुशियों के करीब होते हैं, जो ऊँचे स्तर के विचार रखते हैं।
734. जो कोई इंसान अपनी गलतियों से सबक नहीं लेता, वह कभी उन्नति कर नहीं सकता और न ही अपनी जिन्दगी में खुशहाली ला सकता।
735. पुनीत कार्य करने से मनुष्य की शोभा बढ़ती है।
736. छल – कपट करना यह दुष्ट और मूर्ख लोगों का काम होता है, बुद्धिमान लोगों का नहीं।
737. उन आदतों को कभी अपनाना नहीं चाहिए, जो आदतें जीवन को आनंदमय बनाने में बाधक सिद्ध होतीं हैं।
738. हर नई सुबह नई जोश लेकर आती है और एक संदेश दे जाती है कि ''तुम आगे बढ़ चलो। आगे बढ़ोगे तो सफलताएं भी इंतजार करतीं मिलेंगी।''
739. आलस्य भाग्य को खिलने नहीं देता। क्योंकि वह भाग्य को कुंठित कर देता है। इसलिए आलस्य का त्याग कर देने में ही भलाई है।
740. अपराध कभी छिपता नहीं। चाहे उसे अंधेरा में किया जाए या उजाले में किया जाए।
741. एक मनुष्य को आत्मचिंतन करते रहना चाहिए होता है। तभी वह एक अच्छा मनुष्य बन सकता है और अच्छा परिणाम पाने का भागीदार भी बन सकता है।
742. समाज और राष्ट्र के लिए त्याग करना सीखें। क्योंकि कोई भी यूँ ही आदर्श की प्रतिमूर्ति बन नहीं जाता।
743. यदि आप एक अच्छा इंसान बनना चाहते हैं, तो आप अपनी भावनाओं को बदलें, भवन को नहीं।
744. एक उत्कृष्ट कृति सदा गौरवशाली एवं सम्माननीय होती है।

745. अपने कार्य में व्यस्त रहना यह अच्छी बात है, लेकिन इतना भी व्यस्त न हो जायें कि अपना शरीर और स्वास्थ्य का उचित ध्यान दे न पायें।

746. उन दिनों को कभी मत भूलो, जिन दिनों आप ने गरीबी एवं अभावों में रहकर जीवन बिताये। यदि आप उन दिनों की बातों को याद रखेंगे, तो उनसे आप को आगे बढ़ने और उभरने की एक बड़ी ताकत मिलेगी। साथ ही रास्ते भटकने से भी बचा जा सकता है।

747. जो कोई इंसान अपनी गलती पर अफसोस जाहिर नहीं करता, वह मूर्ख के समान होता है।

748. जब तक हम अपनी जिम्मेदारी में खरा उतर नहीं जाते, तब तक हम दूसरे लोगों के विश्वास जीत नहीं पाते।

749. ऐसा सार्थक कार्य कर जाओ कि उससे आपकी अलग पहचान बन जाये।

750. मित्रता से मिली खुशियाँ धन – दौलत से भी बढ़कर होतीं हैं।

751. तन चाहे अमीर का हो या गरीब का हो। फिर भी वह एक जैसा होता है। बस उन दोनों में विचारधारा, बुद्धिमत्ता, योग्यता और कार्य करने का ढंग अलग – अलग होता है।

752. कार्य के प्रति समर्पण भाव से ही जीवन में रौनकता लायी जा सकती है।

753. सत्य, न्याय और अहिंसा का सहारा लेकर जीना यह मनुष्य का बड़प्पन होता है।

754. डर को अपने मन में घर करने का अवसर देना नहीं चाहिए।

755. यदि हम अपनी योग्यता, विद्वता और क्षमता पर गर्व करें, तो अपने हाथों से हमेशा अच्छे कार्य होते रहेंगे एवं गलत कार्यों से बचे रहेंगे।

756. हम दूसरे लोगों का समर्थन तभी प्राप्त कर सकते हैं, जब हम सच्चाई के रास्ते पर चलते जाते हैं।

757. दो – चार दिनों में कोई भी मनुष्य लखपति बन नहीं जाता। उसके लिए निरन्तर मेहनत व धैर्य रखना पड़ता है। उसी प्रकार दो – चार दिनों में कोई शिष्य गुरू से असली शिक्षा, ज्ञान पा नहीं सकता। उसके लिए लम्बे समय तक गुरू के सानिध्य में रहना पड़ता है।

758. मानवता की खुशहाली के लिए उठाया गया कदम एक प्रशंसनीय कदम होता है।

759. लोगों के साथ जुड़ने से हमारी हैसियत बढ़े या नहीं, परन्तु हमारी खुशियाँ जरूर बढ़ जातीं हैं।

760. जीत एकाएक मिलती नहीं। उसके लिए पहले से बहुत कुछ तैयारी करनी जो पड़ती है।

761. यदि हम अपने जीवन को एक प्रभावशाली जीवन बनाना चाहते हैं, तो आत्मचिंतन एवं आत्मनिरीक्षण करना सीखें। इससे यह होगा कि भावी जीवन को जो कुछ परिणाम मिलेगा, वह आशानुकूल एवं सकारात्मक ही रहेगा।

762. माता – पिता के ऋण को हम जीवन भर चुका नहीं सकते। इसलिए हमें उनके प्रति सदा कृतज्ञ रहना चाहिए होता है।

763. लफड़े – झगड़े से दूर रहना यह अच्छी बात है, लेकिन लफड़े – झगड़े के लिए किसी दूसरे लोगों को कभी न उकसाना यह और भी अच्छी बात है।

764. जब तक हम समय का सम्मान करते नहीं, तब तक वह भी हमारा सम्मान करता नहीं।

765. यदि आप के पास अनुभव है, फिर तो आप दूसरों को भी बहुत कुछ अनुभव साझा कर सकते हैं, लेकिन यदि आप के पास अनुभव कम है, फिर तो आपको दूसरों से अनुभव लेने की अवश्यकता होगी। क्योंकि अनुभव हमारे जीवन का मार्ग प्रशस्त करता है।

766. जब आंधी – तूफान आता है, तो उससे ऊँचे – बड़े पेड़ ज्यादा प्रभावित होते हैं, पर छोटे पेड़ उतना खास प्रभावित नहीं होते। उसी प्रकार देश – समाज के महान लोगों को कई तरह की छोटी – बड़ी मुसीबतों का सामना करना पड़ता है, पर साधारण लोग वैसी मुसीबतों से अप्रभावित रहते हैं।

767. यदि आप में किसी कठिन समस्या से जूझने की क्षमता है, फिर तो आप एक दिन अवश्य सफल होकर रहेंगे।

768. शिक्षा एक ऐसा आभूषण है, जो दिखाई नहीं देता, लेकिन वह मनुष्य की सुन्दरता बढ़ा देता है।

769. वह इंसान एक अच्छा इंसान होता है, जो अपने प्रति भी और दूसरे लोगों के प्रति भी अपना नजरिया सकारात्मक रखता है।

770. यदि कोई आप के प्रति तहे दिल से हमदर्दी, सहानुभूति दिखाता हो, तो समझ लीजिए वह श्रेष्ठ इंसानों में से एक है।

771. गुमसुम रहना यह न तो स्वयं के लिए और न ही दूसरों के लिए हितकर होता है।

772. सफलता एक आकर्षक एवं गौरवांवित कर देने वाली चीज होती है। परन्तु वह केवल साहसी, विनयशील, परिश्रमी एवं धैर्यवान लोगों को मिलती है।

773. विनम्रता की सदा जीत होती है। जैसे सत्य की सदा जीत होती है।

774. एक अच्छा विद्यार्थी वह होता है, जो अपने माता – पिता और गुरू की उम्मीदों पर खरा उतरने का प्रयास करता है।

775. हुनर और सकारात्मक सोच व्यक्ति को ऊपर उठाने में सहायक सिद्ध होतीं हैं।

776. कटुक वचन बोलने के बजाय मधुर वचन बोलना सर्वथा उचित होता है।

777. जैसा – जैसा मनुष्य का ज्ञान बढ़ता है, वैसा – वैसा उसका आत्मविश्वास भी बढ़ता है।

778. दीपक कहीं पर रहे, वह प्रकाश देकर ही रहता है। उसी प्रकार सज्जन, गुरू, विद्वान और साधु – संत कहीं पर रहें, वे अपनी श्रेष्ठता देकर ही रहते हैं।

779. वास्तव में आप सफल होना चाहते हैं, तो प्रयास करना कभी न छोड़ें। जिस कार्य क्षेत्र में आप कार्य कर रहे हैं, उसे पूरी निष्ठा के साथ करते रहें।

780. यदि हम अपने नाम के अनुरूप काम करें तो उससे नाम और जीवन दोनों सार्थक बन पड़ेगा।

781. मन को शांत रखेंगे, तो शांति ही मिलेगी, लेकिन इधर – उधर की व्यर्थ बातों में लगे रहेंगे, तो अशांति ही मिलेगी। इसलिए सार्थक जीवन जीने के लिए अपने उपयोगी कार्यों में मन को लगाये रखना चाहिए होता है।

782. जिस प्रकार गरीबी के पैर हर घर में नहीं पड़ते। उसी प्रकार अमीरी के पैर हर घर में नहीं पड़ते।

783. अवगुणों को परास्त करना और सद्‌गुणों को स्वीकार करना यह सुखी जीवन जीने का एक बेहतरीन तरीका होता है।

784. उस दीपक को देखिए , जो रात के घूप अंधेरा को अपने प्रकाश से दूर कर देता है। ठीक उसी प्रकार मनुष्य भी अपने मन में

छायी निराशा के अंधेरा को आशा रूपी दीपक जलाकर दूर कर सकता है और वह भी कोई बड़ा काम कर दूसरों को अचंभित कर सकता है।

785. कठोर वचन सुख नहीं, सदा दुख ही दे जाता है।

786. हर पालक शिक्षक तो नहीं हो सकता, परन्तु वह कम से कम अपने बच्चों को विद्यालय भेजने एवं जीवन जीने की कला सीखने हेतु अवश्य ही प्रेरित कर सकता है।

787. निराशा से बचना बहुत जरूरी होती है। क्योंकि वह मनुष्य को एक अच्छी जिन्दगी जीने नहीं देती।

788. ईमानदारी पूर्वक की गई मेहनत से भाग्य बदलने में देर नहीं लगती।

789. ऊपर उठना यह अच्छी बात है, मगर किसी को गिराकर ऊपर उठना यह बुरी बात है।

790. न्याय को न्याय मिलना यह सत्य की जीत है।

791. विनयशील,परोपकारी और क्षमाशील को हमेशा मान – सम्मान मिलता है।

792. लोक कल्याण की कामना से किया गया कार्य आनंद ही दे जाता है।

793. जहाँ लोगों के बीच अपनत्व की भावना होती है, वहाँ खुशियों की कोई कमी नहीं होती है।

794. सफलता मनुष्य के पीछे नहीं आती, मनुष्य को ही उसके पीछे जाना पड़ता है।

795. दृढ़ इच्छाशक्ति एवं कठिन परिश्रम के बिना कामयाबी नहीं मिलती।

796. बुजुर्गों की वाणी और किताबों की कहानियाँ इंसान को नेक राह पर चलने का हौसला एवं प्रेरणा देतीं हैं। इसलिए उन दोनों की कभी उपेक्षा नहीं करनी चाहिए।

797. जो कोई नशा का व्यसनी होता है, वह दरिद्रता का भागीदार होता है।

798. सुविचार और परोपकार मनुष्य को यशस्वी बनाते हैं।

799. जिसने प्रेम रस चख लिया है, वह मिठास का महत्व जान गया है। वस्तुतः ऐसा व्यक्ति ही जिन्दगी का असली मजा ले पाता है।

800. माता – पिता अपने बच्चों का और गुरू अपने शिष्यों का हमेशा गौरव बढ़ाने का काम करते हैं।

801. समस्या को आने में समय नहीं लगता, लेकिन उसका समाधान करने में समय लगता है।

802. कोई भी व्यक्ति जन्मजात न तो शक्तिशाली होता है और न ही समृद्धशाली होता है, लेकिन निरन्तर प्रयास करने से क्या संभव नहीं होता है?

803. वह स्थान स्वर्ग समान लगता है, जहाँ अपनों के बीच अपनत्व की भावना होती है। लेकिन वह स्थान नर्क जैसा लगता है, जहाँ नफरत और शत्रुता की भावना होती है। इसलिए अपने दिल में अपनत्व की भावना को विकसित होने दीजिए और दुर्भावनाओं को निकाल फेंकिए।

804. सर्प और शत्रु से हमेशा दूर ही रहना चाहिए होता है। क्योंकि ये दोनों जहरीले ही होते हैं।

805. क्षमतावान होना यह सौभाग्य की बात होती है।

806. पंकज को कमल इसलिए कहते हैं क्योंकि वह कीचड़ में ही उगता और खिलता है। उससे हमें यह प्रेरणा मिलती है कि कठिन से कठिन परिस्थितियों में भी उत्साह के साथ जीना सीखें।

807. बुरे लोगों से दोस्ती जी का जंजाल बन जाती है। इसलिए वैसे लोगों से दूरी बनाकर रहना ही श्रेयस्कर होता है।

808. झूठ बोलकर किसी का दिल जीता जा नहीं सकता, बल्कि सच बोलकर ही किसी का दिल जीता जा सकता है।

809. माता – पिता देवतुल्य होते हैं। इसलिए वे सदा पूज्यनीय होते हैं।

810. मनुष्य का सार्थक जीवन ही वास्तविक एवं सम्माननीय जीवन होता है।

811. ईमानदारी विरासत में मिलने वाली सम्पत्ति नहीं होती, बल्कि उसे खुद को कमाकर अर्जित करना पड़ता है।

812. विजयमाला विनम्रता को पहनने का सौभाग्य मिलता है, कठोरता को नहीं।

813. हम धीरे – धीरे अपने लक्ष्य की ओर बढ़ चलें। एक दिन अवश्य भाग्य खिल उठेगा।

814. सत्यवादी सदा सत्य बोलता है।

815. मनुष्य का असली धन उसकी विश्वसनीयता, उसका सुविचार और सच्चरित्र होता है।
816. जिस इंसान में इंसानियत नहीं होती, दुनिया भी उसे कोई अहमियत नहीं देती।
817. एक इज्जतदार व्यक्ति को इसलिए इज्जत मिलती है, क्योंकि वह इज्जत देने वालों की इज्जत करता है।
818. जो व्यक्ति बुद्धि होते हुए भी अपनी बुद्धि का प्रयोग नहीं करता, उसे हर व्यक्ति मूर्ख जैसा ही समझता है।
819. जन्म के बाद कई रिश्ते – नाते बनते हैं, जिन्हें बखूबी निभाने की जरूरत होती है।
820. ओछी भावना व्यक्ति को ऊपर उठने नहीं देती और न ही पनपने। इसलिए ऐसी भावना का अवश्य ही त्याग कर देना चाहिए।
821. यदि उद्देश्य एक बेहतर जीवन जीने का हो, तो नेक कार्यों के सिवाय अवांछित कार्यों पर ध्यान देना उचित नहीं होता।
822. यदि बच्चों की नींव मजबूत बनाने की इच्छा हो, तो सबसे पहले उसके मन में अच्छे संस्कार, नैतिक शिक्षा एवं अच्छे गुणों को भरने का काम अवश्य करना चाहिए।
823. क्रोध अक्सर अपने से छोटे, कमजोर या निःसहाय पर ज्यादा आक्रमण करता है।
824. आप ऐसी वाणी बोलें कि वह हर किसी को मधुर लगे।
825. श्रेष्ठ लोगों की आदतें श्रेष्ठ होतीं हैं।
826. आपका चरित्र – स्वभाव कैसा है ? यह स्वयं को ज्यादा मालूम होता है। परन्तु वही व्यक्ति ऊँचा उठता है, जो अपना चरित्र – स्वभाव ठीक – ठाक रखकर जीवन जीता है।
827. सच्चा इंसान होना यह अच्छी बात है, मगर सच्चाई की राह पर चलते रहना यह और भी अच्छी बात है।
828. अच्छे व्यक्ति वे होते हैं, जिनके गुण और चरित्र अच्छे होते हैं।
829. हे युवाओं! सपने को सपने तक सीमित मत रखो, बल्कि उन्हें अपना पुरूषार्थ दिखाकर साकार करने का प्रयास करो।
830. डर मनुष्य के मनोबल को कमजोर करने का काम करता है। इसलिए उससे मत डरो, बल्कि उसे डरा कर रखो।

831. विनम्र, हिम्मती बने एवं जोखिम उठाये बिना सफल नहीं हुआ जा सकता।
832. संसार में सब लोगों की सोच एक जैसी नहीं होती। कुछ लोग सफल लोगों की उपेक्षा की दृष्टि से देखते हैं, तो कुछ गर्व एवं सम्मान की दृष्टि से देखते हैं।
833. भला व्यक्ति हर किसी का भला ही चाहता है, बुरा कभी नहीं।
834. भलाई करने वालों को रोकना नहीं चाहिए, बल्कि प्रोत्साहित करने से ही समाज का भला हो सकता है।
835. मानव जीवन में उदाहरण का बड़ा महत्व होता है। इसलिए हम ऐसा सुन्दर जीवन जीएं कि हमारा जीवन भी दूसरों के लिए उदाहरण बन जाये।
836. समाज – राष्ट्र के विकास कार्यों में जितना योगदान दिया जाये, उतना ही श्रेय मिलता है।
837. अंधेरा में अपनी छाया दिखाई नहीं देती। वैसा ही स्वयं को अपना दोष दिखाई नही देता।
838. हर किसी को बड़े सपने देखना चाहिए होता है। क्योंकि बड़े सपने देखने से बड़ी उपलब्धि मिलने की संभावना रहती है।
839. अपनों से जब भी मुलाकात करते हैं, तो सबसे पहले अभिवादन करके एवं कुशल क्षेम पूछ कर बातचीत की शुरूआत करनी चाहिए। क्योंकि ऐसा करने से मुलाकातें यादगार मुलाकातें बन जातीं हैं।
840. अतीत की कड़वी यादें एवं अनावश्यक बातों को भूल जाना यह जीवन के लिए फायदेमंद होता है।
841. एक दिन का दुष्कर्म जीवन भर के लिए चरित्र पर कलंक का टीका लगा जाता है।
842. यदि हम किसी को आशीर्वाद दे नहीं सकते, तो किसी को अभिशाप भी न दें।
843. जिस मनुष्य के हृदय में नम्रता, उदारता का गुण नहीं होता, उसके पास बहुत कुछ होते हुए भी कुछ नहीं होता।
844. मनुष्य जीवन को खूबसूरत बनाने के लिए शिक्षा – ज्ञान प्राप्त करने के साथ – साथ आत्मविश्वास बढ़ाने की जरूरत भी पड़ती है।

845. सफल होने के लिए सफलता की नींव स्वयं को ही डालने की जरूरत होती है।

846. जाने – अनजाने में हुई गलती के लिए विनम्रता पूर्वक क्षमा माँग लेना यह सर्वथा फायदेमंद होता है।

847. मार्गदर्शक का आशय होता है सही रास्ते बताने वाला व्यक्ति। चाहे वह व्यक्ति उम्र में छोटा हो या बड़ा उससे राहगीर कोई मतलब नहीं रखता, बल्कि वह यह अपेक्षा रखता है कि सही रास्ते मिले और आसानी से अपने गंतव्य तक सही सलामत पहुँच जाये।

848. साहसी, परिश्रमी और आत्मविश्वासी लोग निरन्तर आगे इसलिए बढ़ते हैं कि वे आगे बढ़ने की समझ, जज्बा और हुनर जो रखते हैं।

849. जीवन एक किताब की तरह होती है। उस किताब की प्रथम पाठ में लिख दीजिए और उस पर दृढ़ रहिए कि '' जब तक जीना है, तब तक सार्थक जीवन जीना है। साथ ही जनसेवा में मेरा जीवन काम आये, तो यह मेरे लिए अहोभाग्य होगा।''

850. जोड़ने की क्रिया से एक नया सृजन होता है। जबकि तोड़ने की क्रिया से विघटन। इसलिए अच्छे इंसान की एक अच्छी आदत होती है कि वह हर संभव जोड़ने में समय लगाता है, तोड़ने में नहीं।

851. यदि हम नशा मुक्त रहेंगे, तो कई तरह के रोगों से मुक्त रहेंगे। इसलिए सज्जन लोग नशा से दूर रहने में ही अपनी भलाई समझते हैं।

852. जिस समाज के लोगों में जितना अधिक समन्वय, प्रेम, भाईचारा एवं एकता की भावना होती है, वह समाज उतना ही अधिक विकास करता है।

853. भले लोगों की सोच भली होती है। इसीलिए दुनिया उन पर फिदा रहती है।

854. सत्यवादी बनें, मिथ्यावादी कभी नहीं।

855. माता – पिता के सेवा – सत्कार से जैसा पुण्य – लाभ मिलता है। वैसा पुण्य – लाभ चारों धाम के दर्शन करने से भी दुर्लभ होता है।

856. मुस्कुराना अथवा हँसना मनुष्य को ईश्वर द्वारा दिया गया एक अनमोल वरदान है। उस वरदान का मान बनाये रखिए और हर समय मुस्कुराने का प्रयास करते रहिए।

857. सदाचार से व्यक्तित्व एवं कृतित्व में निखार आता है।

858. संस्कृति में अपसंस्कृति घुसपैठ कर न पाए, उसके लिए हर समझदार व्यक्ति को सजग रहने की जरूरत पड़ती है।

859. सफलता अपनी मेहनत, प्रतिभा के बलबुते पायी जाती है। फिर भी उस सफलता में कहीं न कहीं अपने करीबियों का भी योगदान अवश्य रहता है।

860. ईश्वर की हर रचना बड़ी प्यारी और अद्वितीय होती है। उन पर मनुष्य की मनमर्जी चल नहीं सकती। इसलिए इस संसार में जो कुछ भी चीजें हैं, उन्हें स्वीकार करना सीखें और उनके अनुसार अपने जीवन को ढालने का प्रयास करें।

861. दीपक का पात्र छोटा हो या बड़ा , मिट्‌टी का हो या सोने का। उससे कोई अन्तर नहीं पड़ता। परन्तु वह तेल और बाती के बिना न तो जल सकता है और न तो प्रकाश दे सकता है। इन दोनों के बिना दीपक का कोई अस्तित्व नहीं रह जाता। आशय यह है कि मनुष्य जीवन पा लेना पर्याप्त नहीं है, बल्कि स्वयं को ही अपने जीवन को मूल्यवान बनाना पड़ता है। अर्थात् यूँ कहें स्वयं मनुष्य को ही अपना भाग्य का निर्माण करना पड़ता है।

862. समूह द्वारा पूर्ण किये गये कार्य के फल पर किसी एक को श्रेय नहीं जाता, बल्कि पूरा समूह को श्रेय जाता है।

863. हर मानव को सुख – शांति चाहिए होता है। इसलिए सुख – शांति पाने का सत्प्रयास करते रहना चाहिए। क्योंकि सुख – शांति के बिना जीवन निरर्थक होता है।

864. अहंकार को पालने से शूल ही मिलते हैं, फूल नहीं।

865. जंगल मंगलदाता होता है। क्योंकि वह मानव व प्राणी जगत का सदा मंगल करता है। इसलिए हम सब उसका मंगल करने को सोचें, अमंगल करने को कदापि नहीं।

866. किसी पर क्रोध न करना यह बुद्धिमानों का एक उत्तम गुण होता है।

867. शांति प्रिय लोग श्रेष्ठ लोगों में से एक होते हैं।

868. जैसे साधारण लोगों को विपत्तियाँ झेलनीं पड़तीं हैं, वैसे ही महान विभूतियों को भी विपत्तियाँ झेलनीं पड़तीं हैं। इसलिए यह कदापि नहीं सोचना चाहिए कि विपत्तियाँ केवल साधारण लोगों पर ही आतीं हैं, महान लोगों पर नहीं।
869. मानवीय मूल्यों की कृपा मिले बिना किसी का भाग्योदय नहीं होता।
870. ज्ञान प्राप्त करना यह अच्छी बात है, मगर ज्ञान प्राप्त करने के लिए अपने आप को उसके योग्य बनना पड़ता है।
871. विद्यार्थी केवल अक्षर ज्ञान पाने के उद्देश्य से विद्यालय नहीं जाता, बल्कि वह समग्र शिक्षा पाने एवं व्यक्तित्व विकास करने के उद्देश्य से जाता है।
872. समाज – देश की सेवा करने के लिए पद, प्रतिष्ठा पाने की जरूरत नहीं होती, अपितु उसके लिए मन में सच्ची भावना होनी चाहिए।
873. जीवन में संतुलन बनाये रखना यह बहुत जरूरी होती है। क्योंकि संतुलित जीवन से ही जीवन आनंदमय बनता है।
874. लगन, विनम्रता, परिश्रम और त्याग ये गुण व्यक्ति को ऊँचा स्थान दे जाते हैं।
875. मर्यादित, अनुशासित एव प्रसन्नचित्त व्यक्ति हर किसी का प्रिय पात्र होता है।
876. चाहने मात्र से न तो राजसिंहासन मिलता है और न ही स्वर्गलोक।
877. जिस समस्या का समाधान अकेला से न हो सके, उसका समाधान संयुक्त प्रयास से कर लेना उचित होता है।
878. जो चीज या सुविधा जिस क्षेत्र में होती है, उसका उस क्षेत्र के लोग अवश्य लाभ उठाते हैं, लेकिन जो चीज या सुविधा जिस क्षेत्र में नहीं होती, उस क्षेत्र के लोग उसका लाभ उठाने से वंचित रह जाते हैं।
879. बुराइयाँ त्यागने की चीज होतीं हैं, अपनाने की नहीं।
880. जो इंसान देश के लिए नेक काम करते – करते जीता है, वह सच्चा देशभक्त कहलाता है।

881. जीवन में कोई भी चीज आसानी से नहीं मिलती। उसे पाने के लिए सूझबूझ, सक्रियता बनाये रखने एवं कड़ी मेहनत करने की जरूरत पड़ती है।

882. सत्य की छत्रछाया एक ऐसी छत्रछाया होती है, जहाँ पर हर कोई सुख – शांति से जीवन जीता है।

883. जो व्यक्ति कष्टों को सहकर जीवन बिताया होता है, वह उन कष्टों को कभी भूल नहीं सकता।

884. जिस प्रकार बच्चों को अपने परिवार से उचित माहौल के साथ – साथ अच्छा संस्कार मिलता है। उसी प्रकार विद्यालय में उन्हें गुरू के द्वारा उचित शिक्षा – दीक्षा मिलती है।

885. मनुष्य की प्रगति तभी संभव है, जब वह अपने कार्य – व्यवहार में सक्रियता और शालीनता ले आता है।

886. सादगी पूर्ण जीवन उत्साह से भरा जीवन होता है।

887. वह व्यक्ति एक सच्चा नागरिक नहीं हो सकता, जो देश की समस्या को अपनी समस्या नहीं समझता।

888. हिंसा से लाभ नहीं, नुकसान ही होता है।

889. अंधेरा की मात्रा के अनुसार छोटा अथवा बड़ा दीपक का चयन करना चाहिए। उसी प्रकार काम के आकार के अनुसार प्रयास करना चाहिए। यदि काम छोटा है, तो छोटा प्रयास और यदि वह बड़ा है, तो बड़ा प्रयास करना उचित होता है।

890. मातृभूमि – कर्मभूमि के प्रति अटूट विश्वास एवं लगाव रखना यह गर्व की बात होती है।

891. सुखी दाम्पत्य जीवन के तीन आधार स्तंभ हैं – प्रेम, विश्वास और आपसी सामंजस्य।

892. कठिनाइयाँ मनुष्य जीवन को परखने आतीं हैं।

893. अच्छी आदतें मनुष्य को उपकृत कर जातीं हैं।

894. आप भी सुधरें और दूसरों को भी सुधरने का मौका दें। आप भी सफल बनें और दूसरों को भी सफल बनने दें। आप भी गुणों को अपनायें और दूसरों को भी गुणों को अपनाने के लिए प्रेरित करें। यही जीवन का सार तत्व है।

895. माँ – बाप जन्म देते हैं, बोली – भाषा सिखाते हैं, सुखद माहौल देते हैं, परन्तु असली शिक्षा – दीक्षा तो गुरू ही देता है।

896. पढ़ाई – लिखाई किये बिना प्रमाण – पत्र नहीं मिलता। जैसे पेड़ लगाये बिना फल नहीं मिलता।

897. समाज में एक जुटता लाने का प्रयास करना यह सबसे अच्छा प्रयास होता है।

898. जिस के पास कोई सिद्धांत नहीं होता, वह न तो अपने लिए और न देश के लिए कुछ भला कर सकता है।

899. जिन लोग अपने होते हैं, वे अहसान कर जाते हैं, परन्तु जिन लोग दुष्ट होते हैं, वे परेशान कर जाते हैं।

900. जो संतान माता – पिता की महिमा जानती है। दुनिया भी उसका गुणगान अवश्य करती है।

901. वे लोग बहुत कुछ नया कर दिखाते हैं, जो किसी उदाहरण को देख – समझकर बहुत प्रभावित हुए रहते हैं।

902. आग के अंगारे को पैरों तले दबाने से स्वयं के ही पैर जलते हैं और कष्ट भी पहुँचता है। ठीक उसी प्रकार महान लोगों अथवा विद्वानों की उपेक्षा करने से स्वयं का ही नुकसान होता है।

903. यदि समस्या छोटी है, तो उसे और जटिल बनने न दें। उसे उसी समय धैर्य और समझदारी के साथ सुलझााने का प्रयास करें। अन्यथा वह समस्या जब जटिल हो जायेगी, तो स्वयं के लिए परेशानी का कारण बन सकती है।

904. वह व्यक्ति पुत्र – पुत्री का सुख क्या जाने ? जिसका कोई पुत्र – पुत्री न हों।

905. वे लोग अच्छे नहीं होते, जो अपनी ही बातें सुनाने में रूचि दिखाते हैं और दूसरों की बातों को सुनने में अरूचि दिखाते हैं, बल्कि वे लोग अच्छे होते हैं, जो अपनी बातें भी सुनाते हैं और दूसरों की बातों को सुनने में भी रूचि दिखाते हैं।

906. अपना जीवन स्तर स्वयं मनुष्य को ही ऊँचा उठाना पड़ता है।

907. अपने आप में बदलाव लाने का प्रयास को सही दिशा की ओर बढ़ता हुआ कदम मानना चाहिए।

908. एक बच्चा सबसे पहले सुनना, बोलना माता – पिता से सीखता है, मगर पढ़ना – लिखना गुरू से ही सीखता है।

909. जिस रास्ते को बन्द कर दिया गया हो, उसी रास्ते पर जाने की जिद नहीं करनी चाहिए।

910. सुधरी हुई भाषा – बोली हर किसी को प्रिय लगती है।

911. महान लोगों की खासियतें महान होतीं हैं। इसलिए उनके पद – चिन्हों पर चलने की हरेक इंसान की कोशिश होनी चाहिए।

912. संस्कार का हर जगह सत्कार होता है।

913. देशभक्ति की पाठ नागरिकों को अपने देश की सेवा, एकता, अखण्डता और बलिदान के लिए प्रेरित करती है।

914. कोई भी काम में सफल वही लोग होते हैं, जिनमें विनम्रता, लगनशीलता, साहस, धैर्य, परिश्रमशीलता एवं प्रसन्नता के गुण होते हैं।

915. जब तक जिन्दा रहो, तब तक संघर्ष करते रहो। क्योंकि जीवन और संघर्ष का चोली – दामन का रिश्ता होता है।

916. सबसे समझदार एवं सफल व्यक्ति वह होता है, जो एक सफलता पा लेने के बाद दूसरी सफलता पाने के लिए रणनीति बनाने में लग जाता है।

917. मित्रता का महत्व वही जानता है, जो अपने मित्र के सुख – दुख में काम आया होता है।

918. जिसकी जैसी आर्थिक स्थिति होती है, उसकी वैसी ही जीवनशैली होती है।

919. शोहरत, धन – दौलत, रंग – रूप से नहीं मिलती, बल्कि सही चाल – चलन और नेक कार्यों से मिलती है।

920. जिस प्रकार नींबू की आत – दस बूंद हण्डी भर दूध को बर्बाद कर देतीं हैं। उसी प्रकार मनुष्य का अहंकार अच्छे से अच्छे संबंधों को भी तोड़कर रख देता है।

921. जितना सुगंधित फूलों का महत्व होता है, उतना सुगंधहीन फूलों का नहीं।

922. सज्जन एवं परोपकारी लोगों को हर जगह मान – सम्मान मिलता है, मगर दुष्ट एवं बेईमान लोगों को नहीं।

923. श्रेष्ठ कर्मों से मनुष्य का आत्मसम्मान बढ़ता है।

924. एक देश के लिए राजदूत का जैसा महत्व होता है, वैसा ही महत्व शिक्षादूत, शांतिदूत का भी होता है।

925. जीवन से जुड़े हर प्रश्न का उत्तर केवल ''हाँ'' में नहीं हो सकता। कुछ प्रश्नों का उत्तर ''न'' भी हो सकता है। इसलिए ''हाँ'' और ''न'' में अन्तर करना यह जानना बेहद जरूरी होती है।

926. नेक काम करने वालों को उचित आदर – सत्कार अवश्य मिलता है।

927. किसी भी इंसान को अनैतिक काम करना नहीं चाहिए। अन्यथा जीवन भर के लिए कलंक का दाग लग जाता है। जो कभी छूटता नहीं।

928. जहाँ निश्छल भावना और भक्ति भावना होती हैं, वहीं से प्रेम, दया, करूणा और विनम्रता की शुरूआत होतीं हैं।

929. माँ – बाप और गुरू के एहसानों को हम जीवन भर भूल नहीं सकते। क्योंकि इन तीनों ने हमें जो कुछ दिए होते हैं, उन्हें निश्छल – निःस्वार्थ भाव से दिए होते हैं। उसके बदले में उन्होंने हम से एक पैसा भी लिये नहीं होते हैं। इसलिए ये तीनों सदा पूज्यनीय होते हैं।

930. जो व्यक्ति आत्मविश्वासी एवं कर्मठ होता है, वही सफलता का अधिकारी होता है।

931. किसी के भी आत्मसम्मान को ठेस पहुँचाने का प्रयास करना नहीं चाहिए। क्योंकि हर कोई अपने – अपने तरीके से जीने का हकदार होता है।

932. श्रेष्ठ गुणों को अपना कर ही जीवन को सुखमय बनाया जा सकता है।

933. लोगों के लिए काम आना यह एक पुण्य का काम होता है।

934. एक अच्छा इंसान इंसानियत के लिए जीता है, हैवानियत के लिए नहीं।

935. सद्गुणों को ग्रहण करने वाला इंसान एक दिन ऊँचे स्तर का इंसान बनता है और सुख – समृद्धि को प्राप्त करता है।

936. सच्चरित्र व्यक्ति को श्रेष्ठ बनाता है।

937. न्याय सत्य की प्रतिमूर्ति होता है।

938. एक इंसान को छोटी सोच नहीं, बड़ी सोच रखनी चाहिए। क्योंकि बड़ी सोच से ही अपने भविष्य को उज्ज्वल बनाया जा सकता है, छोटी सोच से कभी नहीं।

939. जिन लोग परहित और देशहित के लिए काम आते हैं। ऐसे लोगों को हजारों नहीं, लाखों लोग दुआ दे जाते हैं।

940. विद्या और ईमानदारी दो ऐसी अंतरंग साथी होतीं हैं, जो मनुष्य को सुख – दुख दोनों परिस्थितियों में जीवन भर साथ देतीं हैं।

941. ऐसे काम को जो आप के वश की बात न हो, उसे करना नहीं चाहिए। अन्यथा श्रम, समय और धन व्यर्थ चला जाता है।

942. दोस्ती किसी से भी की जा सकती है, परन्तु वह हम उम्र को ज्यादा पसंद करती है।

943. नया – नया ज्ञान प्राप्त करना और प्राप्त किये गये उन ज्ञान को अपने जीवन में प्रयोग करना यह प्रयास मानव जीवन को बेहतर बनाने में सहायक सिद्ध होता है।

944. कानून की दृष्टि में हर इंसान बराबर होता है। वह हमें स्वतंत्र एवं निर्भय होकर जीने का अवसर भी देता है।

945. जीवन जीने की कला सीखने का सबसे अच्छा माध्यम गुरू और पुस्तकें होते हैं।

946. माँ की ममता से कोई बच्चा वंचित होना नहीं चाहता, परन्तु जो कोई जानबूझ कर वंचित हो जाता है, उससे बड़ा अभागा और कोई नहीं हो सकता।

947. माता – पिता से रिश्ता यह सब रिश्तों में सर्वोपरि एवं आत्मीय रिश्ता होता है।

948. व्यवहार कुशलता से मनुष्य की प्रतिष्ठा बढ़ती है।

949. नई सोच कुछ नया करने के लिए प्रेरित करती है।

950. किसी का अपमान करना आसान है, परन्तु सम्मान करना कठिन।

951. उपकार करने वालों की प्रशंसा की जाती है, उपहास करने वालों की नहीं।

952. अपने पड़ोसियों के साथ सदा अच्छा व्यवहार बनाये रखना चाहिए होता है। क्योंकि विपत्ति के समय सबसे पहले वही लोग मदद के लिए खड़े मिलते हैं

953. जो चीज मूल्यवान होते हुए भी मुफ्त में मिल जाती है। लोग उसकी कद्र करना नहीं जानते।

954. जो काम करना है, उसे उसी समय कर लेना चाहिए। न कि कल के लिए टालना चाहिए। पता नहीं कल क्या होगा, किसने जाना ?

955. हमारी संस्कृतियाँ हमें न केवल ऊपर उठाने के काम करतीं हैं, बल्कि लोगों को आपस में जुड़े रहने की शक्ति भी देतीं हैं।
956. जो कोई किसी को उपहार देने का साहस नहीं करता, वह भी किसी से उपहार पाने का अधिकार नहीं रखता। क्योंकि जो जैसा देता है, वह वैसा ही पाता है।
957. जो चीज हमारी हो नहीं सकी, उस पर चिन्ता करना निरर्थक होता है।
958. जिस प्रकार मोटर गाड़ी में शुद्ध व गुणवत्ता युक्त ईंधन डालने से उसके यंत्रों को ठीक – ठाक रखा जा सकता है। ठीक उसी प्रकार मानव शरीर को स्वच्छ व संतुलित भोजन देकर निरोगी व चुस्त – दुरूस्त रखा जा सकता है।
959. असंभव को संभव कर दिखाना यह बहादुर लोगों का काम होता है, कायर लोगों का नहीं।
960. आप ने किसी को कब, किस समय अच्छा कहा ? उस बात को लोग भूल जाते हैं, परन्तु आपने उसे बुरा कब कहा ? उस बात को लोग कभी नहीं भूलते।
961. छोटे बच्चों को प्रकृति के निकट जाकर खेलकूद करने का अवसर अवश्य देना चाहिए। क्योंकि उससे बाल जीवन को खुशी एवं मजबूती मिलती है।
962. हर इंसान एक समान नहीं होता। लेकिन आपकी जिक्र वही करता है, जो आपकी फिक्र करता है।
963. सृष्टि की हर रचना अनुपम होती है। इसलिए हर मनुष्य उससे काफी प्रभावित होता है और अपने आप को बड़ा भाग्यशाली समझता है।
964. आज का दृढ़ संकल्प, कल की सफलता है।
965. वृद्धजन राष्ट्र की धरोहर होते हैं। वे भी कभी अनुभव बाँटने एवं राष्ट्र के विकास करने में पीछे नहीं रहे।
966. प्रसन्नता की कमी यह मनुष्य के लिए दुख का कारण बनती है।
967. आप गरीब हैं या अमीर। उससे कोई फर्क नहीं पड़ता। बस आप तनाव मुक्त रहें, प्रसन्न रहें, मस्त रहें। ऐसा करने से दुख भी निकट आने का दुस्साहस नहीं करता।

968. लगन, प्रसन्नता, विनम्रता, विद्वता, त्याग और दृढ़ इच्छाशक्ति के बिना साधारण से असाधारण बना नहीं जा सकता।

969. उन आदतों को जो लाभ पहुँचाने के बजाय हानि पहुँचायें, वैसी आदतों का त्याग कर ही देना चाहिए।

970. अपने आप को सौभाग्यशाली, समृद्धशाली बनाने का प्रयास करते रहना चाहिए।

971. एक ईमानदार को हर जगह मान – सम्मान अवश्य मिलता है, लेकिन बेईमान को नहीं।

972. साफ दिल वाला एक अच्छा इंसान होता है। इसलिए वह हर किसी का दिल जीतने में सफल रहता है।

973. जो व्यक्ति अपना भाग्य का निर्माण उचित ढंग से कर लेता है, वह एक मालिक की तरह शान से जीवन जीता है। जबकि जो कोई अपना भाग्य का निर्माण करने में उदासीन रहता है, वह गुलाम की तरह जीवन जीने को मजबूर रहता है।

974. एक – दूसरों की मदद – सहयोग के बिना दुनिया चल नहीं सकती।

975. भाषा – बोली की मधुरता हर इंसान को अपनी ओर चुम्बक की भाँति खींचने की क्षमता रखती है।

976. हम गर्व करें कि अपनी मातृभूमि की गोद में जन्म लेने का अवसर मिला।

977. सच्चा प्रयास किसी को उदास होने नहीं देता।

978. शांति स्थापना के लिए सच्चे मन से किया गया प्रयास इंसान को शांतिदूत बनने को प्रेरित करता है।

979. कुछ ऐसी संस्कृतियाँ होतीं हैं, जो विलुप्त होने के कगार पर होतीं हैं। जिन्हें मानव सभ्यता के लिए पुनर्जीवित करने की आवश्यकता होती है।

980. वह देश महान होता है, जहाँ के लोग अपने देश के हित, सेवा एवं एकता – अखण्डता के लिए मर – मिटने को तैयार रहते हैं।

981. प्रशिक्षण मनुष्य की कमजोरियों को दूर करने का एक उत्तम उपाय होता है और वह मनुष्य को पहले से अधिक योग्य एवं निपुण बनाता है।

982. मनुष्य को केवल धन – दौलत, सुख – सुविधा और रिश्तेदारी से खुशहाली नहीं मिलती, अपितु प्रकृति, पेड़ – पौधों एवं पशु – पक्षियों के प्रति प्रेम, विश्वास एवं जुड़ाव से भी खुशहाली मिलती है।

983. नैतिकता ही एक ऐसा सामाजिक मूल्य है, जो मनुष्य की प्रतिष्ठा को बढ़ाता है। इसलिए किसी भी दशा में नैतिकता का त्याग करना नहीं चाहिए।

984. अपनी गरिमा को बनाये रखना यह जीवन के लिए एक बड़ी बात होती है।

985. न्याय हमेशा मनुष्य का भला करता है, अन्याय नहीं।

986. विद्यार्थी का भाग्योदय विद्यालय से प्रारंभ होता है।

987. जब हम कमाने को निकलते हैं, तभी रोजी – रोटी सुलभ हो सकती है, परन्तु हमें ध्यान रखना चाहिए कि कमाते वक्त याचक के रूप में कर्म या बेईमानी तरीके से कमाई न करें, बल्कि अपने बल, बुद्धि और योग्यता पर भरोसा करके एवं ईमानदारी से कमाई की जाये। ऐसा करने से फायदा रहता है और आनंद भी मिलता है।

988. गरीबी में पला – बढ़ा इंसान चाहे आगे एक बड़ा धनवान क्यों न बन जाये, लेकिन अपनी उस गरीबी को कभी भूल नहीं सकता। जैसे भरी सभा में अपमानित करने वाले को कोई भूल नहीं सकता।

989. जैसे पक्षी जगत में गिद्ध पक्षी का और मानव समाज में वृद्ध व्यक्ति का बड़ा महत्व होता है। वैसा ही नदियों में गंगा नदी का और पर्वतों में हिमालय पर्वत का बड़ा महत्व है।

990. खुलकर वही हँसता है, जिसका दिलो दिमाग साफ रहता है।

991. महान लोग स्वहित को कम, समाज – राष्ट्र हित को सर्वोपरि मानते हैं।

992. यदि संसार के सारे लोग विनम्रता, दया, प्रेम, एकता, त्याग, करूणा और क्षमा जैसे गुणों को अपना लें, तो यह संसार स्वर्गतुल्य बन जायेगा।

993. जो मनुष्य जीवन मूल्यों की समझ रखता है, वास्तव में वही अपने जीवन को बेहतर बना सकता है।

994. माता – पिता अपनी सन्तान को हमेशा श्रेष्ठता ही देते हैं, दोष नहीं।

995. सफलता सफल व्यक्ति के कठिन परिश्रम का फल है।

996. सरल जीवन जीना यह सब के वश की बात नहीं होती। यह मजबूत एवं समर्पित लोगों का काम होता है।

997. पुष्प कहीं भी खिले, अपनी महक और सुन्दरता देकर रहता है। उसी प्रकार श्रेष्ठ व्यक्ति कहीं भी रहे, अपनी सज्जनता, श्रेष्ठता देकर रहता है।

998. साहस, प्रसन्नता एवं लगन के बिना उपलब्धियाँ नसीब नहीं होतीं।

999. सद्‌गुण मनुष्य को गुणवान के साथ – साथ सक्षम भी बनाते हैं।

1000. किसी व्यक्ति के अच्छे कार्यों को देखकर हमारे मन में भी अच्छे कार्य करने की चाहत होनी चाहिए।

1001. समझदार व्यक्ति वह नहीं होता, जो अहंकार के साथ व्यवहार करता हो, बल्कि समझदार व्यक्ति वह होता है, जो विनम्रता के साथ व्यवहार करता हो।

1002. नर – नारी की उपस्थिति यह दुनिया की खूबसूरती होती है।

1003. किसी की भावनाओं के साथ खिलवाड़ करना नहीं चाहिए।

1004. बड़ी चीज पाने के लिए कड़ी मेहनत करने की जरूरत पड़ती है।

1005. जिस व्यक्ति में जितनी निडरता की भावना प्रबल होती है, उसमें उतने ही जोखिम उठाने की शक्ति होती है।

1006. साहित्य बिना समाज अधुरा होता है। क्योंकि वह समाज का कायाकल्प करने की शिक्षा, ज्ञान और शक्ति देता है।

1007. किसी के काम में विघ्न डालना नहीं चाहिए।

1008. इज्जत के बिना जीवन का कोई मूल्य नहीं होता।

1009. अच्छे लोगों की संगति और अच्छी किताबों में कोई खास अन्तर नहीं होता। दोनों से ही मनुष्य को नए – नए एवं उपयोगी ज्ञान मिलते हैं। उन दोनों से ज्ञान पाने के लिए बशर्ते अच्छी किताबों को खरीदनी पड़ती है। जबकि अच्छी संगति मिल सके, उसके लिए अच्छे लोगों के पास समय देकर जिज्ञासा प्रकट करनी पड़ती हैं।

1010. अपने कर्त्तव्य एवं पद के प्रति गंभीर रहने की जरूरत होती है।

1011. बड़े – बड़े कार्यों में साहसी और प्रतिभाशाली लोग ही अग्रणी रहते हैं। यही कारण है कि ऐसे कार्यों में विरले लोग ही दिखाई देते हैं।

1012. यदि हम निरन्तर परिश्रम एवं सोच – समझकर जीवन यापन करें, तो दरिद्रता मिट जाती है। परन्तु उदासीनता एवं कामचोरी करने लगें, हैसियत से ज्यादा खर्च करने लगें, तो पुनः दरिद्रता आ धमकती है। इसलिए जीवन में सन्तुलन बनाये रखना महत्ती आवश्यकता होती है।

1013. मनुष्य समाज में जन्म लेता है एवं परिवार, समाज के संरक्षण में रहकर वर्षों तक जीता है और एक दिन उसका अंत भी हो जाता है। समाज हमारे लिए बहुत कुछ करता है। हमारे विकास, सुख – समृद्धि में उसका बड़ा योगदान रहता है। इसलिए हमें भी उसकी बेहतरी के लिए भरपूर योगदान देते रहना चाहिए होता है।

1014. जिस काम के प्रति प्रेम नहीं होता, उस काम में कोई आकर्षण भी नहीं होता।

1015. विपरीत परिस्थितियों में भी जो मनुष्य अपना हौसला खोता नहीं, वही अंततः जीत हासिल करता है।

1016. जीवन को एक मधुर जीवन बनाने पर ही आनंद की प्राप्ति होती है।

1017. खूबियों का प्रचार –प्रसार किया जाये, तो दूसरे लोगों को प्रेरणा मिलती है और यदि खामियों का प्रचार – प्रसार किया जाये, तो केवल लोक निंदा ही होती है।

1018. अपने आप पर विश्वास करने के लिए दूसरों को पूछने की जरूरत नहीं पड़ती। यह अधिकार स्वयं के पास सुरक्षित रहता है।

1019. अपने आप को पहचानो और आप भी लाखों चमकते सितारों में से एक बनो।

1020. ऊँची सोच रखने में कोई दरिद्रता होनी नही चाहिए। क्योंकि सोच के अनुसार जीवन का निर्माण होता है।

1021. पके – पकाया भोजन को खाना यह जितना आसान है, उतना ही भोजन सामग्रियों को जुटाना कठिन।

1022. जिसके पास बुद्धि नहीं होती, वही सबसे बड़ा दरिद्र होता है।

1023. यदि आप आत्मविश्वासी समझदार, उत्साही और साहसी हैं, फिर तो आप हर मुसीबतों को परास्त करने में सक्षम रहेंगे।

1024. मनुष्य की सबसे बड़ी सम्पत्ति उसकी बुद्धि होती है।

1025. यदि आप सफल होना चाहते हैं तो सफल लोगों की खूबियाँ देखें, खामियाँ नहीं। क्योंकि खूबियों को देखने से सफल होने की प्रेरणा मिलती है।

1026. जिस किसी जीव – जन्तु, पेड़ – पौधों के जन्म के बाद उसका विकास जितनी धीमी गति से होता है, उनकी उम्र भी उतनी ही लम्बी होती है।

1027. साहस, धैर्य, अनुशासन और निरन्तर प्रयास के बिना जीत नहीं मिलती।

1028. सकारात्मक सोच हमारी उँगली पकड़कर सफलता की ओर ले जाती है।

1029. जो काम अकेला से किया जा नहीं सकता, उसे सामूहिक प्रयास से पूरा किया जा सकता है। क्योंकि सामूहिक प्रयास में बड़ी ताकत होती है।

1030. जिसका कदम अपराध की ओर बढ़ा हुआ होता है, उसका कदम नर्क द्वार में खड़ा हुआ है, ऐसा माना जाना चाहिए।

1031. जितना गहरा आत्मचिंतन करेंगे, उतना ही अच्छा इंसान बन सकेंगे।

1032. हमारा शुभ चिन्तक कोई भी यूँ ही बन नहीं जाता। उसके लिए शिष्ट व्यवहार, अच्छे कर्म करना, मददगार बनना और इज्जत देकर मूल्य चुकाना पड़ता है।

1033. जिस प्रकार अच्छे चिकित्सक का दर्शन कर लेने से किसी रोगी का रोग दूर नहीं हो जाता, बल्कि चिकित्सक द्वारा रोगी का सही इलाज करने से ही रोग ठीक हो सकता है। उसी प्रकार केवल अच्छी – अच्छी किताब – ग्रंथ पढ़ लेने से अथवा अच्छे – अच्छे विचारों को सुन भर लेने से कोई व्यक्ति ज्ञानी अथवा श्रेष्ठ इंसान बन नहीं सकता , बल्कि उन किताबों की ज्ञान भरी बातों व अच्छे – अच्छे विचारों को अपने जीवन में आत्मसात करने से ही कोई व्यक्ति ज्ञानी अथवा श्रेष्ठ इंसान बन सकता है।

1034. मेहनत गुणकारी होती है। वह कभी बेकार नहीं जाती।

1035. एक साधारण व्यक्ति को पहचान अपने परिवार से मिलती है, लेकिन परिवार के किसी एक व्यक्ति के द्वारा कोई उत्कृष्ट कार्य किये जाने पर या विशिष्ट पद – सेवा में आ जाने पर उसके नाम से पूरे परिवार को पहचान मिलती है।

1036. माता – पिता अपने बच्चों के प्रथम गुरू होते हैं। उनसे बच्चे जो कुछ भी सीखते हैं, उसे जीवन भर याद रखते हैं।

1037. लोगों के बीच अपनी पहचान बनाना यह जरूर एक कठिन काम है, परन्तु असंभव नहीं।

1038. किसी व्यक्ति को किसी महान व्यक्ति की कृपा तभी मिल पाती है, जब वह उस योग्य होता है। अन्यथा द्वार खड़ी कृपा भी वापस चली जाती है।

1039. प्रयास किये बिना कुछ भी हासिल नहीं होता।

1040. किसी भी व्यक्ति को बड़ी उपलब्धि एकाएक मिलती नहीं। सही वक्त आने के बाद ही वह मिलती है। इसलिए अपने कार्यक्षेत्र में जो भी कार्य को किये जा रहे हो, उसमें अंतिम क्षण तक उत्साह के साथ डटे रहना उचित होता है। क्योंकि हीरा को भी एक चमकदार हीरा बनने में वर्षों लग जाते हैं।

1041. आंधी – तूफान, चक्रवात, बारिश को आने से हम रोक नहीं सकते। क्योंकि हम इंसान होते हैं, भगवान नहीं।

1042. निरन्तर परिश्रम करना यह मनुष्य की सबसे अच्छी आदतों में से एक होती है। उससे स्वास्थ्य भी ठीक बना रहता है और दरिद्रता भी चली जाती है।

1043. भय, चिन्ता, निराशा, असंतोष, शोक, घबराहट और नकारात्मकता से दूर रहना चाहिए होता है। क्योंकि ये सब व्यक्ति को सुख नहीं पहुँचाते और न आगे बढ़ने का अवसर देते हैं।

1044. जो व्यक्ति कम, परन्तु सही बोलता है। उसी की बातें अधिक सुनी जातीं हैं। ऐसा व्यक्ति हर किसी का दिल जीत लेता है।

1045. मनुष्य के लिए शांति रूपी धन से बढ़कर और कोई धन हो नहीं सकता।

1046. निराशा से बचकर रहें और प्रसन्नता के दामन थाम कर चलें। ऐसा करना जीवन के लिए अच्छा होता है।

1047. जो व्यक्ति अपने आप को पहचान लेता है, वही अपनी पहचान बनाने में समर्थ रहता है।

1048. मन में पवित्र विचार एवं प्रसन्नता बनाये रखकर ही चिन्ताओं से मुक्ति पायी जा सकती है।

1049. जिस काम को प्रारंभ किया जाना हो, उसके लिए सोच – समझकर फैसला लेना होता है और यदि एक बार फैसला ले लिये हो, तो उस फैसले पर अंतिम समय तक अडिग रहना होता है।

1050. ईर्ष्या एक दुर्गुण है। उससे बचकर रहना चाहिए होता है। अन्यथा वह मनुष्य को नीचे गिराने में कोई संकोच नहीं करती।

1051. निक्रियता से भला किसकी जिन्दगी सँवरती है ? सक्रियता से ही यह संभव है।

1052. यदि आप सफलता पाना चाहते हैं तो बार – बार इंतजार करना छोड़ दें, बल्कि पूरी तत्परता – जोश और दृढ़ता के साथ प्रयास करने में जुट जायें।

1053. जो चीज हमारे पास नहीं, उसके लिए व्याकुल होना यह उचित नहीं होता।

1054. जहाँ बड़ी जनसंख्या होती है, वहाँ बड़ी – बड़ी समस्याएं भी उत्पन्न होतीं हैं।

1055. सफल एवं कर्त्तव्य निष्ठ लोग प्रशंसा पाने के लिए काम नहीं करते, अपितु वे अपने काम को इतने अच्छे ढंग से करते हैं कि उसे देखकर हर कोई प्रशंसा कर जाते हैं।

1056. कड़ा संघर्ष का मतलब वे लोग क्या जानें ? जिसने अपने जीवन में कभी कड़ा संघर्ष किये नहीं हों।

1057. विद्या एक ऐसी माता होती है, जिसकी कृपा हमेशा हमारे साथ बनी रहती है।

1058. आदत सुधर जाने से अपने आप को खास बनाने में देर नहीं लगती।

1059. मानवता कहती है कि ''न किसी का अहित करो और न किसी को दुख – दर्द पहुँचाओ, सब के साथ सद्व्यवहार करो।''

1060. जहाँ चिन्ता जड़ जमा लेती है, वहाँ प्रसन्नता खत्म हो जाती है और जहाँ प्रसन्नता विराजती है, वहाँ चिन्ता खत्म हो जाती है।

1061. जिन लोग मन से जितना पवित्र होते हैं, वे लोग उतना ही भगवान और इंसानों के करीब होते हैं।

1062. सकारात्मकता एक प्रदीप्तमान दीपक की भाँति होती है, जो मनुष्य के अन्तर्मन के अंधेरा को दूर करने में सहायक सिद्ध होती है।

1063. जिस प्रकार एक्सीलेटर मोटरगाड़ी को आगे बढ़ाने का काम करता है। उसी प्रकार सकारात्मक सोच मनुष्य को आगे बढ़ाने का काम करती है।

1064. गलत लोग, गलत लोगों का साथ देते हैं। जबकि अच्छे लोग, अच्छे लोगों का ही साथ देते हैं।

1065. यदि सोचने का ढंग सही रहा, तो प्रसन्नता और ऊर्जा दोनों मिलतीं हैं और इन दोनों के सहारे किसी भी काम को उचित ढंग से सम्पादित किया जा सकता है।

1066. चाहे दिन हो या रात, सपना देखना कभी मत छोड़ो। सपना हमारे कार्य को साकार रूप देने के पहले कार्य योजना बनाता है और आगे बढ़ने के लिए प्रेरित भी करता है।

1067. जो व्यक्ति अपने आप को सबसे अधिक विश्वास और प्रेम करता है, वह हमेशा अच्छे विचारों को ही ग्रहण करना पसंद करता है और वह हमेशा अच्छा आचरण – व्यवहार करता है। जो कोई सज्जन इन बातों को महत्व देता है, वह महानता को प्राप्त करता है।

1068. ज्ञान की बातों एवं अच्छे विचारों को केवल सुनने या पसंद करने तक सीमित रखना नहीं चाहिए, अपितु उन्हें सजग रहकर अपनी जिन्दगी में अमल में लाना उचित रहता है। क्योंकि ऐसा करने से जिन्दगी को नई ऊर्जा, नई सोच और खूबसूरती मिलती है।

1069. खुशियों से भरी जिन्दगी नसीब वालों को ही मिलती है।

1070. शिक्षा मात्र जीविका कमाने का साधन नहीं होती, अपितु वह व्यक्तित्व विकास करने का भी साधन होती है।

1071. जिस फूल में खुशबू नहीं होती, वह खुशबूहीन फूल होता है।

1072. जिसके पास अधिक ज्ञान होता है, वह दूसरों से अधिक ज्ञानवान एवं मूल्यवान होता है।

1073. सच बोलने के लिए हिम्मत होनी चाहिए होता है।

1074. एक समझदार व्यक्ति सत्य – असत्य, धर्म – अधर्म और पाप – पुण्य में अन्तर करना भली भाँति जानता है, लेकिन एक मूर्ख व्यक्ति ऐसा करना नहीं जानता।

1075. किसी भी व्यक्ति को अप्रिय चीज खिलाने का प्रयास करना नहीं चाहिए।

1076. शिक्षा और ज्ञान ये दोनों मूल्यवान चीज हैं। जो कोई इंसान उन्हें ग्रहण करता है, वह मूल्यवान हो जाता है।

1077. बार – बार की गलतियाँ न केवल व्यक्ति की योग्यता – दक्षता पर प्रश्न चिन्ह लगा जातीं हैं, बल्कि उसके स्तर को भी गिराने में सहायक सिद्ध होतीं हैं।

1078. अच्छे लोग अच्छी चीजों का महत्व दूसरे लोगों की अपेक्षा सबसे ज्यादा समझते हैं। इसलिए वे अच्छी चीजों को ही ज्यादा पसंद करते हैं, अवांछित चीजों को नहीं।

1079. माता – पिता अपने बच्चों की खुशियों के लिए केवल ''हाँ'' कहना जानते हैं, ''न'' कहना नहीं।

1080. सफल व्यक्ति इसलिए भी सफल रहते हैं क्योंकि वे हर संभव कर्मठ, कुशल एवं प्रेरणास्रोत लोगों के सम्पर्क में बने रहते हैं।

1081. जीत हिम्मत वालों को ही मिलती है, कायर लोगों को नहीं।

1082. कदर उनकी जरूर करो, जो आपकी कदर करते हैं, परन्तु उनकी कदर कभी मत करो, जो आपकी और आपके विचारों की कदर कभी नहीं करते।

1083. सच्ची मित्रता केवल सुख देने जानती है, दुख देने नहीं। सच्ची मित्रता का यही असली धर्म होता है।

1084. गलतियों के प्रति गंभीर रहने की जरूरत पड़ती है। क्योंकि कभी – कभी एक गलती के कारण जीवन दाँव पर लग जाता है। इसलिए गलती करने से बचना चाहिए।

1085. अच्छी बातें और अच्छी आदतें अच्छे लोगों को ज्यादा पसंद आतीं हैं।

1086. एक संकल्प को लेकर सफल होने तक का सफर एक चुनौतीपूर्ण कार्य होता है।

1087. उदार जीवात्मा किसी याचक को खाली हाथ जाने नहीं देती।

1088. जिसमें समझ होती है, उसके मुँह से सच की बातें ही निकलतीं हैं, लेकिन जो नासमझ होते हैं, उनसे बेमतलब और असत्य की बातें ही निकलतीं हैं।

1089. हीरा अपने गुण – चमक के कारण ही मूल्यवान होता है।

1090. सफल एवं महान लोगों की हर विशेषताएं प्रेरणादायक होतीं हैं।

1091. भौतिक धन को चुराया जा सकता है, परन्तु विद्या और चरित्र धन को नहीं।

1092. सच्चा एवं ईमानदार लोग कभी कीचड़ में कदम नहीं रखते। क्योंकि वे जानते हैं कि कीचड़ स्थान में जाने से कदम गंदे ही होते हैं।

1093. अपनी जुबान का हमेशा मान रखना चाहिए होता है। तभी खुद की विश्वसनीयता बढ़ती है।

1094. जिसने व्यावहारिकता – सामाजिकता का महत्व समझ लिया। समझो उसने अपने जीवन को खुशहाल एवं सफल बना लिया।

1095. लापरवाह व्यक्ति को कोई दूसरा नहीं, उसकी ही लापरवाही दुख पहुँचा जाती है।

1096. सच्चा मित्र और अच्छा चरित्र ये दोनों अनमोल होते हैं। जिन्हें बहुत संभालकर रखना पड़ता है।

1097. नकारात्मता की बोझ उठाये चलने – फिरने से जीवन को कभी वास्तविक सुख – शांति नहीं मिलती। इसलिए नकारात्मकता का त्याग कर सकारात्मकता को अपनाना श्रेयस्कर होता है।

1098. मनुष्य जीवन एक संघर्षपूर्ण जीवन होता है। इसलिए उसे हल्केपन में कभी लेना नहीं चाहिए।

1099. एक मनुष्य को सुख या दुख भरा जीवन उसके विचारों एवं कर्मों के आधार पर मिलता है।

1100. परिश्रम करने के लिए किसी से इजाजत लेने की जरूरत नहीं पड़ती। जब चाहें, तब परिश्रम करना चाहिए। क्योंकि परिश्रम से ही जीवन में खुशहाली और हरियाली आती है।

1101. महान विभूतियाँ अपने श्रेष्ठ विचारों एवं कार्यों के कारण महान होते हैं।

1102. जीवन यापन के लिए काम करना यह अच्छी बात है, मगर मानवता व देश के लिए काम करना यह और भी अच्छी बात है।

1103. उस कदम की सर्वत्र प्रशंसा होती है, जो परहित के लिए उठाया जाता है।

1104. जो व्यक्ति अपने आप को पहचान लेता है, वह दूसरों से श्रेष्ठ व्यक्ति बन जाता है।

1105. हँसना यह स्वस्थ एवं खुश रहने का एक सर्वोत्तम उपाय होता है।

1106. समझदारी पूर्वक काम लेने से गलतियाँ होने की संभावना बहुत कम रहती है और काम में चुस्ती भी आती है।

1107. जिन लोग सुख – शांति से जीना चाहते हैं, वे दुनिया के लोगों के प्रति प्रेम, समता, दया और मित्रता भाव रखते हैं। क्योंकि ये भावनाएं ऐसी भावनाएं होतीं हैं, जो लोगों को एक सुत्र में बाँधने की क्षमता रखतीं हैं।

1108. किसी व्यक्ति का वह सिद्धांत अच्छा नहीं होता, जो हठधर्मिता, कट्टरता को प्रोत्साहन देता हो, बल्कि वह सिद्धांत अच्छा होता है, जो समन्वय, एकजुटता एवं समझौतावाद को प्रोत्साहित करता हो।

1109. एक मानव होने के नाते मानवीय मूल्यों की रक्षा के लिए हमेशा प्रयासरत् रहना चाहिए होता है।

1110. हर भाषा में ज्ञान का भंडार होता है। इसलिए किसी भी भाषा को उच्च या निम्न समझना न्याय संगत नहीं होता।

1111. एक मनुष्य को इज्जत और तारीफ उसके तन की सुन्दरता से नहीं मिलतीं, बल्कि उसके बेहतर कार्य – व्यवहार से मिलतीं हैं।

1112. परिश्रम जैसा कोई दाता नहीं, लेकिन जो कोई हाथ – पैर चलाता नहीं, उसे वह कुछ देता नहीं।

1113. निर्माण होता कार्य को देखें, तो बड़ी खुशी होती है और यदि विध्वंस होता कार्य को देखें, तो बड़ा दुख होता है। वस्तुतः निर्माण कार्य ही खुशी देता है, विध्वंस कार्य नहीं।

1114. जिस राष्ट्र के नागरिक राष्ट्रहित को सर्वोपरि मानते हैं, वह राष्ट्र उत्तरोत्तर तरक्की करता है।

1115. जिस प्रकार निंदा करने के बजाय प्रशंसा करना अच्छा होता है। उसी प्रकार ईर्ष्यालु बनने के बजाय दयालु बनना अच्छा होता है।

1116. हीरा की असली कीमत एक जौहरी ही जान सकता है, लोहार नहीं।

1117. नैतिक शिक्षा मनुष्य के आत्म विकास में सहायक सिद्ध होती है।

1118. वह जिन्दगी क्या जिन्दगी है ? जो दूसरे लोगों को सुधरने को उपदेश तो देती है, परन्तु स्वयं सुधरने को कभी ध्यान नहीं देती।

1119. जिस प्रकार रत्न अनमोल होते हैं। उसी प्रकार सुविचार अनमोल वचन होते हैं।

1120. अपने कार्य को दूसरे से करवाना इसे अपनी शान नहीं समझनी चाहिए, बल्कि जिस कार्य को हम कर सकते हैं, उसे स्वयं के द्वारा कर लेना इसे अपना बड़प्पन समझना चाहिए।

1121. धन को सोच – समझकर खर्च करना चाहिए। क्योंकि वह कठिन परिश्रम के बाद ही मिलता है, मुफ्त में नहीं।

1122. वही व्यक्ति सफलता का अधिकारी हो सकता है, जिसने कभी विफलता का सामना किया होता है। क्योंकि विफलता के बाद ही सफलता मिलती है।

1123. मनुष्य की जिन्दगी जीविका पर आधारित होती है। हर मनुष्य को कोई न कोई जीविका चलानी ही पड़ती है। परन्तु एक अच्छी जीविका वही होती है, जिस पर हमारे साथ – साथ परिवार और दूसरे लोग भी खुश रहें। वास्तव में इस तरह की जीविका ही उत्तम प्रकार की जीविका होती है।

1124. माता – पिता जब खुश रहते हैं, तब हम भी बहुत खुश रहते हैं।

1125. क्रोध की अग्नि साधारण अग्नि नहीं होती। वह जिस किसी को अपने चपेट में ले आती है, उसे झुलसाकर या बर्बाद करके रख देती है।

1126. सफल होने के लिए लक्ष्य बनाकर उचित कदम उठाना यह बहुत जरूरी होती है।

1127. यदि आप सुखमय जिन्दगी जीना चाहते हैं तो विद्यालय जाओ, देवालय जाओ, पुस्तकालय जाओ, मगर मदिरालय कभी मत जाओ।

1128. हर कलाकार की कलाकृतियाँ अलग – अलग विशेषताएं लिये होतीं हैं, परन्तु हर कलाकार अपनी कलाकृतियों को उतना ही चाहता है, जितना अपने बच्चों को चाहता है।

1129. अपने काम में व्यस्त रहना यह एक अच्छी आदत होती है। क्योंकि अपने काम में व्यस्त रहने की आदत मनुष्य को खुशहाल बनाने में सहायक सिद्ध होती है।

1130. अच्छाई करने की चाह रखने वाले लोग जो रास्ता चयन करते हैं, वह रास्ता उन्हें आगे की ओर ले जाता है। जबकि बुरे लोग जो रास्ता चयन करते हैं, वह उन्हें पीछे की ओर ले जाता है।

1131. यदि महात्मा को महात्मा न मानें तो यह हमारी नादानी है, महात्मा की नहीं।

1132. जिस इंसान के ह्रदय में विनम्रता, क्षमा, त्याग, प्रेम और दयाभाव होता है, वैसा इंसान को हर कोई आदर एवं ऊँचा भाव देता है।

1133. अहिंसा हर किसी को शांतिपूर्ण जीवन जीने की प्रेरणा देती है।

1134. वे लोग धन्य होते हैं, जिन लोग आदर्श एवं महानता की प्रतिमूर्ति होते हैं।

1135. सन्तान माता – पिता की कृति होती है। इसलिए वह उनकी सदा कृतज्ञ रहती है।

1136. समन्वित प्रयास से बड़े – बड़े काम को भी आसान किया जा सकता है।

1137. जब तक सत्य सामने आ नहीं जाता, तब तक संदेह बना रहता है।

1138. वे बच्चे अपने माता – पिता के प्रति नाराज हो सकते हैं, जिन्होंने उन्हें विद्यालय में पढ़ने को कभी भेजने का प्रयास ही नहीं किये।

1139. सद्बुद्धि का उपयोग करने से मनुष्य को सुख ही सुख मिलता है। जबकि दुर्बुद्धि का उपयोग करने से दुख ही दुख मिलता है।

1140. खुद पर भरोसा करना सीखो। आप भी शक्ति सम्पन्न हो सकते हो। जो कार्य अब तक कर नहीं सके, उसे अब पूरा करने का प्रयास करो।

1141. किसी साहित्य और कला की कीमत वही इंसान अच्छी तरह से समझ सकता है, जिसने उनके निर्माण या रचना करने में अपने धन, समय और अथक परिश्रम लगाया हो।

1142. मैदान में डटे रहने से जीत की संभावना बनती है, लेकिन बीच समय में मैदान से हट जाने से नहीं।

1143. गुरू तो बहुत होते हैं, परन्तु एक श्रेष्ठ गुरू वही होता है, जिसकी श्रेष्ठता, विद्वता और प्रेरणा से शिष्यों के व्यक्तित्व का सर्वांगींण विकास होता हो।

1144. सत्य और नीति मार्ग में चलने वाले सज्जन होते हैं। ऐसे लोग कभी अपना मूल्य नहीं गिराते और न किसी दूसरे इंसान के मूल्य गिराने का काम करते हैं।

1145. जिसने खुश रहना नहीं सीखा। फिर तो वह अब तक बड़ों की जिन्दगी से क्या सीखा ?

1146. जीवन में कोई भी चीज सीखने की इच्छा न रखना यह बाद में दुख का कारण बनता है।

1147. उस व्यक्ति से तारीफ पाने की आशा नहीं करनी चाहिए, जो कभी किसी की तारीफ करने में रूचि नहीं रखता हो।

1148. धर्म – कर्म एव पुण्य कर्म करने को पद की नहीं, श्रेष्ठ भावना की जरूरत होती है।

1149. नैतिकता के मार्ग पर चलने का प्रयास करते रहना चाहिए। क्योंकि उस मार्ग पर चलने से जैसा आनंद मिलता है, वैसा आनंद किसी दूसरे मार्ग पर चलने से नहीं मिलता।

1150. अपनी भावी योजनाओं को हर किसी को बताना नहीं चाहिए। क्योंकि ऐसा करने से स्वयं की ही हानि होती है।

1151. एक आदर्श गुरू चलता – फिरता पुस्तकालय के समान होता है।

1152. केवल खाने – पीने, सोने, मौज – मस्ती या आलस्य में समय बिताना नहीं चाहिए।

1153. हर समस्या का समाधान केवल शारीरिक बल से नहीं किया जा सकता, बुद्धिबल से भी किया जा सकता है।

1154. कुछ इंसानों को केवल लेने में मजा आता है, लेकिन नेक इंसानों को देने में मजा आता है।

1155. यदि लोग आपका अनुसरण करने लगें, तो समझ लीजिए आप सफल लोगों में से एक हैं।

1156. हर इंसान की भाषा अलग – अलग हो सकती है, परन्तु प्रेम की भाषा सबके लिए एक सी होती है।

1157. वे लोग कितने नादान होते हैं, जिन लोग न अपने हित के बारे में सोचते हैं और न दूसरों के लिए काम आते हैं।

1158. आय का कोई जरिया न हो, तो मानव जीवन वीरान सा हो जाता है।

1159. महान लोग अपने आपको कभी श्रेष्ठ नहीं समझते, परन्तु अल्पज्ञानी, छोटे लोग अपने आप को हमेशा श्रेष्ठ समझते हैं।

1160. दोस्ती दो लोगों के बीच समान विचारधारा होने पर ही होती है, असमान विचारधारा वाले के साथ ऐसा संभव नहीं होता।

1161. किसी की विपत्ति में जब हम खड़े होते हैं, तो वह भी हमारी विपत्ति में खड़ा मिलता है।

1162. अहिंसा के मार्ग का अनुसरण करने पर ही जगत का कल्याण संभव है।

1163. हर हाल में खुश रहने का प्रयास करते रहना चाहिए। क्योंकि मानव जीवन बार – बार नहीं मिलता।

1164. मांगलिक कार्य करते समय शुभ चिन्तन ही करना चाहिए, अशुभ चिन्तन कदापि नहीं।

1165. शिक्षा हमें पीछे हटने की नहीं, आगे बढ़ने की प्रेरणा देती है।

1166. जिस प्रकार एक आदर्श शिष्य अपने गुरू पर गर्व करता है। उसी प्रकार गुरू भी अपने आदर्श शिष्यों पर गर्व करता है।

1167. इस दुनिया में कोई किसी का स्थायी शत्रु नहीं होता। शत्रु भी कुछ समय प्रायश्चित के बाद मित्रता चाहता है।

1168. एक पापी को अपना पाप कर्मों का दण्ड भोगना ही पड़ता है।

1169. किसी के सिर पर कोई भी कार्य जबरदस्ती थोपना नहीं चाहिए। क्योंकि ऐसा करने से काम बनने के बजाय बिगड़ जाता है।

1170. उनकी कद्र मत करो, जो केवल अपने स्वार्थ के काम में लगे रहते हैं, बल्कि उनकी कद्र जरूर करो, जो निष्ठापूर्वक परहित एवं देश सेवा के काम में लगे रहते हैं।

1171. खिलखिलाते हुए चेहरे हर किसी को प्यारा लगता है। उसे देखकर सामने वालों को भी बड़ी खुशी होती है।

1172. अगर दुनिया में शांति देखना चाहते हो, तो एक शांतिदूत बनकर जीना सीखो। क्योंकि मानव जगत के लिए शांति से बढ़कर और कोई बड़ा सुख नहीं हो सकता।

1173. उदाहरण में बड़ी शक्ति होती है। जो किसी भी व्यक्ति को कुछ अच्छा कर दिखाने के लिए अभिप्रेरित करती है। लोगों के बीच जो कुछ सृजन एवं उपलब्धियाँ दिखाई देतीं हैं, वे उसी का प्रतिफल होते हैं।

1174. जैसे बच्चों की देखभाल करने की जरूरत पड़ती है। ठीक वैसा ही बुढ़े – बुजुर्गों की देखभाल करने की जरूरत पड़ती है।

1175. जब रणनीति अच्छी होती है, तभी विजयश्री मिलती है।

1176. पौधा लगाकर पेड़ बनाना यह कोई आसान काम नहीं होता। उसके लिए बड़ी लगन और जतन की जरूरत होती है।

1177. हर बात में '' नहीं '' कहने की आदत व्यक्ति को निकम्मा व लापरवाह बना देती है।

1178. जो इंसान अपनी जिन्दगी के लिए कोई योजना बनाकर नहीं चलता, वह अक्सर असफल ही रहता है।

1179. समझौतावादी होकर जिन्दगी जीना यह कोई कमजोरी नहीं है, बल्कि यह एक अच्छी जिन्दगी जीने का उत्तम तरीका होता है।

1180. समाज के लोगों के साथ मित्र बनकर जीना एवं पर्यावरण मित्र बनकर जीने वाले व्यक्ति की जिन्दगी खुशियों से भरी जिन्दगी के समान होती है।

1181. जिस प्रकार कपड़े – लत्ते और आभूषण धारण करने से मनुष्य की बाहरी सुन्दरता बढ़ती है। उसी प्रकार गहन चिन्तन – मनन करने से आंतरिक सुन्दरता बढ़ती है।

1182. सोच बदलने से जिन्दगी बदलने में देर नहीं लगती।

1183. हमारे कारण दूसरों को कोई परेशानी न हो। इस बात का हमेशा ख्याल रखना चाहिए होता है।

1184. किसी मानव को उसके अधिकारों से वंचित करना यह कृत्य मानव अधिकार के खिलाफ होता है।

1185. संस्कृत – परिष्कृत जीवन सबसे उत्तम जीवन होता है।

1186. उत्कृष्ट कर दिखाने की अभिलाषा मनुष्य को उत्कृष्ट बनाती है।

1187. जो इंसान रूचि के अनुसार अपने कार्यक्षेत्र का चयन करता है, वह उसमें एक दिन अवश्य सफल होता है।

1188. सोच और कर्मों को समाज हितैषी बना लेने से जीवन सार्थक बन पड़ता है।

1189. ज्ञानी लोग ज्ञान का दान करते हैं, अज्ञानी लोग नहीं।

1190. बुद्धिमान व्यक्ति अपने आपको इज्जत भी देता है और दूसरों को भी इज्जत देना अपना बड़प्पन समझता है।

1191. हर इंसान शक्ति सम्पन्न होता है। बशर्ते उस शक्ति को पहचानने की जरूरत होती है। जिस प्रकार दूर स्थित जलता हुआ दीया की रोशनी कम दिखाई देती है, परन्तु हम जैसे – जैसे उस दीया के पास जाते हैं। वैसे – वैसे उसकी रौशनी ज्यादा दिखती जाती है। उसी प्रकार हम अपने आपको जैसे – जैसे समझने लगते हैं, अपने अन्दर की शक्ति को पहचानने लगते हैं। वैसे – वैसे बड़े रूप में शक्ति का आभास करने लगते हैं।

1192. क्रोध करने की आदत अच्छी नहीं होती। क्योंकि क्रोध करने से बनता हुआ काम भी बिगड़ जाता है।

1193. अच्छे संस्कार होने पर मनुष्य को हर जगह मान – सम्मान मिलता है। अन्यथा अच्छे संस्कार न होने पर हर जगह अपमान ही अपमान का सामना करना पड़ता है।

1194. हमारी घोर विपत्ति के समय जग के सारे लोग हमें अनदेखा कर सकते हैं; परन्तु माता – पिता हमारे साथ देने अंतिम क्षण तक डटे रहते हैं।

1195. यदि बच्चों को आदर्श बनाने चाहते हो, तो सबसे पहले अपने आपको आदर्श बनाओ। क्योंकि आदर्श ही आदर्श को बढ़ावा देता है।

1196. उनके लिए भी सोचना चाहिए, जिनके पास कुछ नहीं होता है।

1197. संसार में जन्म लेने वाला एक मनुष्य सांसारिक जीवन जीना अपना धर्म, कर्त्तव्य समझता है। चूँकि मनुष्य एक सामाजिक प्राणी होता है। वह अकेला रहकर जीवन जी नहीं सकता। इसलिए उसे ऐसा सामाजिक जीवन जीना चाहिए कि सामाजिक दायित्वों का निर्वाह करना अपना धर्म भी समझे एवं गर्व भी करे।

1198. सफल एवं महान लोग समाज – राष्ट्र में सबसे अधिक इसलिए लोकप्रिय एवं चर्चित रहते हैं कि वे जनसाधारण के प्रेरणास्रोत होते हैं।

1199. दान हमेशा अपनी कमाई के हिस्से से देना चाहिए। अन्यथा पुण्य की जगह पाप का भागीदार बनना पड़ सकता है।

1200. सफल व्यक्ति अपने आप को कभी पराजित नहीं मानता। क्योंकि वह निर्भीक, सही समय पर सही निर्णय लेने में कुशल और बुलन्द इरादों का स्वामी होता है।

1201. होशियार व्यक्ति वह होता है, जो सही समय पर सही निर्णय लेने की क्षमता रखता है। साथ ही हर किसी के साथ मित्रवत् व्यवहार रखकर अपने कार्य में डटा रहता है।

1202. साहित्य पढ़ने से न केवल ज्ञान मिलता है, बल्कि उससे स्वस्थ मनोरंजन भी होता है।

1203. सही इंसान ही सच्चा इंसान होता है। ऐसा होना एक इंसान के लिए सौभाग्य की बात होती है।

1204. यदि किसी काम को प्रभावशाली एवं आनंददायी बनाना चाहते हैं, तो उसे प्रसन्न मन से करें, बेमन से नहीं।

1205. जिन लोग पढ़ना, लिखना, बोलना, समझना नहीं जानते, वे लोग दूसरों की तुलना में कमजोर ही साबित होते हैं।

1206. हैसियत से कई गुना बड़ा ख्वाब देखना और उसे पाने के लिए दिन – रात भाग – दौड़ करना इससे व्यक्ति की वैसी ही दशा होती है, जैसी कोई व्यक्ति अपने गले में एक बड़ा पत्थर बांधकर तालाब में कूद जाता है।

1207. काम ऐसा कर दिखाओ कि सूखी धरती में पानी निकल जाये, परन्तु ऐसा कभी मत करो कि काम करने के बहाने बैठे – बैठे निरर्थक कंकड़ उछाला जाये।

1208. किसी भी व्यक्ति का मान – सम्मान को धूमिल करने का प्रयास करना नहीं चाहिए।

1209. परसेवा से जो सुख मिलता है, वह परम सुख होता है। वैसा सुख न तो किसी दुकान में मिल सकता है और न दुनिया के किसी भाग में मिल सकता है।

1210. राष्ट्र में एकता और सौहार्द बनाये रखने की जिम्मेदारी हर नागरिक की होती है।

1211. ईमानदारी देती है, सुख ही सुख। जबकि बेईमानी देती है, दुख ही दुख। यह बात कटु सत्य है, नहीं है झूठ।

1212. हँसी खुश दिल की अभिव्यक्ति है।

1213. जिसके पास संस्कार नहीं होते, उसको लोग नमस्कार भी नहीं करते।

1214. नेक विचार रखने से अनेक फायदे होते हैं।

1215. लफड़ा – झगड़ा कराने में स्वार्थ, वहम, अहम एवं लालच ये सब आग में घी डालने का काम करते हैं।

1216. एक नेक इंसान वह होता है, जो अपनी ही भलाई के लिए नहीं सोचता, बल्कि दूसरों की भलाई के लिए भी सोचता है।

1217. चिन्ता मनुष्य का घातक शत्रु के समान होती है। वह जिस मनुष्य पर वास करती है, उसकी सारी खुशियाँ खा जाती है। चिन्ता न सता पाये, उसके लिए प्रसन्नता, साहस और निर्डरता बनाये रखना चाहिए होता है।

1218. जिस इंसान में डर की भावना भरी हुई रहती है, उसकी मनोकामना अधुरी ही रह जाती है। इसलिए मन से डर की भावना को निकाल देना चाहिए।

1219. अच्छे लोग गुणी होते हैं। ऐसे लोग अच्छी चीजों को कहीं भी हों, उन्हें ढूँढ़ ही लेते हैं।

1220. काम – धंधा कोई भी करें, मगर कभी किसी को न लूटें, न किसी का भरोसा तोड़ें, न किसी की खुशी छीनें और न किसी दीन – दुखियों का दिल दुखाने का दुस्साहस करें।

1221. उन बच्चों की ओर कम ध्यान देने की जरूरत होती है, जिनके माता – पिता जीवित हैं और उनकी उचित परवरिश हो रही हो, परन्तु उन बच्चों की ओर सबसे अधिक ध्यान देने की जरूरत होती है, जिनके माता – पिता अब न हों। वे अनाथ, बेघर, निःशक्त हैं या दीन – हीन अवस्था में, गरीबी में जीवन व्यतीत करने को विवश हों।

1222. धन और बुद्धि की कमी को सबसे बड़ी कमियाँ मानी जातीं हैं।

1223. पुस्तकें हमें बिना भेदभाव किये ज्ञान देतीं हैं। जितना अधिक पुस्तकें पढ़ सकें, उतना अच्छा होता है।

1224. अपने आप को नियंत्रित किये बिना दूसरों को नियंत्रित करने की बात सोचना यह उचित जान नहीं पड़ता।

1225. मार्गदर्शन करने वाला कार्य ऊँचे स्तर का कार्य होता है।

1226. झोपड़ी देखकर यह अंदाजा लगा नही लेना चाहिए कि वहाँ केवल गरीब तबके के लोग रहते हैं। जबकि इस तरह का अंदाजा लगाना कभी – कभी गलत साबित हो जाता है। समय बलवान होता है। ऐसी झोपड़ी में देश के कई लाल, महान हस्तियाँ पैदा

हुए और वे आगे चलकर अपनी प्रतिभा, विद्वता, योग्यता एवं ओजस्वी विचारों के बलबुते लोगों को चकित कर दिये तथापि अपने परिवार के साथ – साथ देश का नाम भी रौशन कर गये। वस्तुतः अक्सर बड़े स्थानों की अपेक्षा छोटे स्थानों में भी महानता का उद्भव होते हुए देखा गया है।

1227. स्वहित से कहीं ज्यादा परहित से आनंद मिलता है।

1228. लोगों के बीच हम चर्चित हों या नही यह अलग बात है, परन्तु हमारे हाथों से जो भी काम किया जाये, वह बेहतर बन पड़े यह महत्वपूर्ण बात है।

1229. परसेवा एवं दान – पुण्य कर्मों के लिए उठे हुए हाथ पवित्र हाथ होते हैं।

1230. माता – पिता के आशीर्वाद के बिना हम न तो बड़े हो पाते हैं और न ही बेहतर बन पाते हैं। वास्तव में माता – पिता अपने बच्चों के लिए देवतुल्य होते हैं।

1231. व्यवहार कुशलता लोगों को जोड़ने का काम करती है।

1232. दुनिया खूबसूरत है। बशर्ते देखने वालों का नजरिया खूबसूरत होना चाहिए।

1233. माँ की आँचल की छाँव में बच्चों को जो खुशियाँ मिलतीं हैं, वैसी खुशियाँ दुनिया में कहीं भी तलाश कर लो, कोशिश कर लो, नहीं मिल सकतीं।

1234. जब तक आप नैतिकता की पाठ याद रखे रहेंगे, तब तक आपको अच्छे इंसानों में से एक अच्छे इंसान माने जाते रहेंगे।

1235. जीवन अपनी मर्जी के अनुसार जीना चाहिए, लेकिन समाज द्वारा निर्मित नियमों, मर्यादाओं का पालन एवं आदर करते हुए जीना चाहिए, उल्लंघन करके नहीं।

1236. विश्व कल्याण और विश्व शांति के लिए महत्वपूर्ण कार्य करना पड़ता है। उसके लिए एक शांतिदूत बनकर जीना होता है। ताकि हर कोई सुख – शांति से जीवन जी सके।

1237. जिस व्यक्ति का लक्ष्य बड़ा होता है, वह कभी तपिश और बारिश की परवाह नहीं करता। वह तो केवल एकनिष्ठ होकर लक्ष्य की ओर बढ़ना जानता है।

1238. हम जिस घर – परिवार में रहते हैं, उसे स्वर्ग बनाने का प्रयास करें, नर्क बनाने का नहीं।

1239. जब तक हम छोटे हैं, तब तक बड़ों के आश्रय में रहें, पर आगे चलकर इतना बड़ा बन जायें कि हम दूसरों को भी आश्रय दे जाएं।

1240. माता और मातृभूमि दोनों एक समान होतीं हैं। क्योंकि दोनों की गोदी में हम पले, बढ़े और खेले हुए होते हैं। इसलिए उन दोनों के प्रति प्रेम, विश्वास और आस्था बनाये रखना चाहिए होता है।

1241. उग्रता दिखाने की चीज नहीं, छिपाने की चीज होती है। जबकि नम्रता छिपाने की चीज नहीं, दिखाने की चीज होती है।

1242. कल्पनाशीलता मनुष्य को होशियार एवं हुनरबाज बनाती है।

1243. जो व्यक्ति शांतिप्रिय होते हैं, वे आस्तिक होते हैं। ऐसे व्यक्ति अपनी ओर से हर दृष्टि से दुनिया में शांति देखना चाहते हैं और शांति स्थापना के काम में अपना जीवन न्यौछावर कर देना यह अपना परम कर्त्तव्य समझते हैं।

1244. सकारात्मक सोच के साथ अपने जीवन में परिवर्तन लाना यह प्रगति की निशानी है।

1245. शिक्षा और ज्ञान का दान महादान होता है। ऐसा करने से मनुष्य को बड़ा ही पुण्य – लाभ मिलता है।

1246. लोगों के साथ मिल – जुल कर रहने से न केवल अपनत्व की भावना बलवती होती है, बल्कि जीवन का उत्कर्ष भी होता है।

1247. परिश्रम से ही प्रगति संभव है।

1248. जब मनुष्य जाग जाता है, तो आलस्य भाग जाता है।

1249. एक अच्छी कार्य योजना एक अच्छे कल्पनाशील मनुष्य के मन – मस्तिष्क की उपज होती है।

1250. उस मातृभूमि को शत् – शत् नमन, जहाँ जन्म लिये आप और हम।

1251. दान धनवानों को नहीं, गरीबों एवं अनाथों को दिया जाता है।

1252. सक्रियता प्रगति की कुंजी है।

1253. यदि दूसरों की सहायता करना चाहते हैं, तो जरूर सहायता करें, मगर किसी को कभी परेशान न करें।

1254. बड़ों को अपनी व्यस्तता से बहुत कम ही फुर्सत मिल पाती है। क्योंकि उन्हें हर किसी का ध्यान रखना जो पड़ता है।

1255. गले मिलने वाले बुरे नहीं होते और बुरे व्यक्ति कभी गले नहीं मिलते।

1256. प्रेम जाति – धर्म, ऊँच – नीच नहीं देखता। उसके लिए हर कोई एक समान होता है।

1257. हम भी खुश रहें ओर दुनिया के लोग भी खुश रहें। ऐसी शुभेच्छा रखनी चाहिए।

1258. मानवता के विरूद्ध षड़यंत्र रचने वाला मानवता का सबसे बड़ा शत्रु होता है।

1259. किसी भी मनुष्य को पराधीनता स्वीकार नहीं होता। क्योंकि वह जन्म से स्वतंत्रता प्रिय होता है।

1260. निरीह प्राणियों के प्रति दया और सहानुभूति दिखाने की जरूरत पड़ती है, न कि क्रूरता दिखाने की।

1261. प्रकृति अपना नियम कभी नहीं तोड़ती। मगर मनुष्य एक ऐसा प्राणी है, जो स्वयं के द्वारा निर्मित नियमों को तोड़ने में संकोच नहीं करता और यही कृत्य उसका दुख का कारण बनता है।

1262. सभ्य लोग हमेशा शोभनीय कार्य करने में रूचि दिखाते हैं, परन्तु असभ्य लोग नहीं।

1263. ईश्वर हर मनुष्य को धरती में जन्म देते समय शक्ति सम्पन्न बनाकर भेजता है। बस हमें उस शक्ति को अपनी बढ़ती उम्र के अनुसार पहचानने की आवश्यकता होती है। कई मनुष्य अपनी उस शक्ति को बहुत जल्दी पहचान कर लेते हैं, परन्तु कई लोग ऐसे भी होते हैं,जो अपनी शक्ति पहचानने में असमर्थ रहते हैं। जो मनुष्य जितनी जल्दी अपनी शक्ति को पहचान लेता है, वह उतनी ही तेजी से ऊँचा स्थान प्राप्त करने अर्थात् प्रगति करने में समर्थ रहता है और वह अपने जीवन को खुशहाल बनाने में सफल रहता है।

1264. दोस्ती उसी से होती है, जिसकी विचारधारा एक जैसी होती है।

1265. अपने जीवन को सजाने के लिए स्वयं को एक कुशल कलाकार की तरह बनना पड़ता है। क्योंकि जीवन को जितने अच्छे – अच्छे रंगों से सजायेंगे, वह उतना ही खूबसूरत लगने लगता है।

1266. जीवन में बदलाव लाते रहना चाहिए होता है। क्योंकि उसके बिना जीवन में खूबसूरती लायी नहीं जा सकती।

1267. नकारात्मक सोच रखने के बजाय सकारात्मक सोच रखना यह जीवन के लिए लाभदायक सिद्ध होता है।

1268. नैतिक शिक्षा दिये बिना बच्चों को योग्य एवं सशक्त बनाया नहीं जा सकता।

1269. कुछ रिश्ते ऐसे भी होते हैं, जो अपने नहीं होते, फिर भी वे अपने हो जाते हैं। जबकि कुछ रिश्ते ऐसे भी होते हैं, जो अपने तो होते हैं; फिर भी वे पराये जैसे हो जाते हैं।

1270. मन से अहंकार और भेदभाव की भावना निकल जाने से ही सब लोग अच्छे लगते हैं।

1271. भगवान पर विश्वास रखना, निरन्तर मेहनत करना कभी छोड़ना नहीं चाहिए।

1272. एक अक्लमंद व्यक्ति न तो किसी की बुराई करता है और ना ही किसी से नफरत करता है। क्योंकि वह हर व्यक्ति को अपना ही जैसा समझता है।

1273. किसी अच्छे काम की शुरूआत के लिए स्वयं को आगे आकर पहल करनी पड़ती है। फिर तो सैकड़ों लोग पीछे जुड़ते जाते हैं।

1274. रचनात्मक गतिविधियों में संबद्ध रहना यह फायदे का सौदा होता है।

1275. एक अच्छा इंसान बनने के लिए कल्पनाशील एवं गुणवान होना बहुत जरूरी होती है।

1276. हर इंसान चिन्तनशील नहीं हो सकता, परन्तु हर चिन्तनशील इंसान एक अच्छा इंसान हो सकता है।

1277. शिक्षा प्राप्त कर लेना यह एक अलग बात है, मगर उसे अपने जीवन में उतारना यह एक बड़ी बात है।

1278. एक विद्यार्थी को केवल परीक्षा में अच्छे अंक प्राप्त करने की दृष्टिकोण से अध्ययन करना नहीं चाहिए, बल्कि अच्छी समझ विकसित करने की दृष्टिकोण से अध्ययन करना चाहिए होता है।

1279. हमारे से कितने लोग छोटे हैं और कितने लोग बड़े हैं। इस बात को जानने में समय गंवाने से अच्छा है कि हम स्वयं बड़े बनने का सत्प्रयास करें।

1280. गुरू और किताब को जितना पढ़ा जाये, उतना ही शिक्षा और ज्ञान मिलता है। इसलिए दोनों वन्दनीय होते हैं।

1281. काम – धंधा किये बिना न तो पेट भरता है और न ही जीवन चलता है।

1282. छोटे बच्चे खेल एवं खिलौने में मग्न रहते हैं। उनके इस हक को कभी छीनना नहीं चाहिए। क्योंकि उनसे बच्चों का न केवल मनोरंजन होता है, बल्कि मानसिक, शारीरिक एवं भावनात्मक विकास भी होता है।

1283. जो इंसान संस्कारों की इज्जत करता है, उस इंसान की इज्जत संसार भी करता है।

1284. दान भगवान को नहीं, इंसान को देना चाहिए होता है। क्योंकि भगवान तो स्वयं अपने भक्तों, लोगों को वरदान देता है। उसे केवल प्रेम, विश्वास और आस्था चाहिए होता है। बल्कि दीन – हीन, अनाथ, निःशक्त एवं जरूरतमंदों को खुले दिल से दान करना बड़ा ही पुण्य का काम होता है।

1285. आप अपने बारे में किसी को बताओ या न बताओ, मगर आपका व्यवहार हर किसी को बता देता है। क्योंकि कोई भी मनुष्य अपने व्यवहार को लम्बे समय तक छिपाकर रख नहीं सकता।

1286. माँ – बाप हैं, तो अपना सारा संसार है।

1287. समय के पाबंद लोग अपना हर काम समय पर करते हैं। क्योंकि वे समय के हर क्षण का महत्व समझते हैं।

1288. अहंकार और कुबुद्धि के चलते मनुष्य का सर्वनाश हो जाता है।

1289. दुनिया के प्रत्येक बच्चा अपने माता – पिता एवं दुनिया के लोगों से एक महत्वपूर्ण आश्वासन चाहता है और वह अपेक्षा रखता है कि '' मुझे अपनी जिन्दगी अपने तरीके से जीने दो, पढ़ने – लिखने एवं आगे बढ़ने का अवसर दो।''

1290. एक सफल व्यक्ति के चेहरे में सुकून भरी चमक दिखाई देती है। क्योंकि वह बड़ी सी बड़ी मुश्किलों का सामना करके सफलता को अपने हाथों में प्राप्त कर लिया रहता है।

1291. विद्या मनुष्य को हमेशा सही राह पर चलने को प्रेरणा देती है।

1292. वह इंसान सबसे ज्यादा चर्चा में रहता है, जो कोई अपनी योग्यता, शिष्टता, हुनर और श्रेष्ठ कार्यों के द्वारा सबको अचंभित कर जाता है।

1293. हमारी वेश – भूषा, खान – पान, भाषा – बोली और रहन – सहन से हमारे व्यक्तित्व की झलक दिखाई देती है।

1294. उस डाली का महत्व तब तक है, जब तक पेड़ से जुड़ी हुई होती है। पेड़ से अलग हो जाने पर उसका कोई अस्तित्व रह नहीं जाता।

1295. एक सच्चा इंसान न अन्याय करता है, न अन्याय सहता है और न ही किसी को अन्याय करने के लिए उकसाता है।

1296. असत्य पर संदेह किया जाता है, परन्तु सत्य पर नहीं।

1297. विरासत में मिली हर चीजें अनमोल होतीं हैं। क्योंकि उनमें पुरानी यादें, भावनाएं जुड़ी हुई रहतीं हैं। यदि हम उन्हें बढ़ा नहीं सकते, तो घटाने का प्रयास भी न करें।

1298. मधुर वाणी शहद जैसी मीठी होती है। इसलिए वह सब के लिए प्रिय होती है।

1299. घटिया सोच वाले व्यक्ति न कभी पनपते हैं और न ही महकते हैं।

1300. जो कोई इंसान किसी के लिए तारीफ और प्रोत्साहित करने वाले शब्दों का अधिकाधिक उपयोग करता है, वह दूसरों के दिलों को आसानी से जीत लेता है।

1301. मंच में आने का सौभाग्य उन्हीं को मिलता है, जिनमें कोई खास हुनर होती है।

1302. सफल व्यक्ति असाधारण व्यक्तियों में से एक होता है। क्योंकि उसकी खासियतें साधारण व्यक्तियों से श्रेष्ठ होतीं हैं।

1303. प्रसन्न रहने का एक अचूक उपाय यह होता है कि मन में किसी भी समय नीरसता, हताशा, चिन्ता को आने न दिया जाए। इसके अलावा शुभ – शुभ विचारों का चिन्तन करना भी अच्छा होता है।

1304. राष्ट्र की खुशहाली हमारी खुशहाली और राष्ट्र की जीत हमारी जीत होती है।

1305. जिसके पास धन नहीं है, वह गरीब नहीं है; बल्कि गरीब तो वह होता है, जिसके पास संतोष, प्रसन्नता एवं परिश्रमशीलता नहीं होते।

1306. जिन लोग अतीत के दुख – कष्टों के पलों को भूल जाते हैं, उन्हीं के दिलो दिमाग में आशा और खुशियों के फूल खिल जाते हैं।

1307. सुसंस्कार व्यक्तित्व निखारने में सहायक सिद्ध होता है।

1308. किसी को भी हीन दृष्टि से देखना अथवा महत्वहीन समझना नहीं चाहिए।

1309. पुण्यकर्म करने से आनंद की अनुभूति होती है।

1310. मनुष्य की जीवनशैली आत्मचिन्तन से सुधरती है। इसलिए आत्मचिंतन को अपनी आदतों में शुमार कर लेना चाहिए।

1311. सत्य मनुष्य की रक्षा करता है और ताकत भी देता है।

1312. कलाकृति और परिवार दोनों एक समान होते हैं। उनकी असली महत्ता और कीमत केवल वही व्यक्ति जानता है, जिसने उन्हें अपनी कड़ी मेहनत, त्याग और लगन से बनाया होता है।

1313. देश किसी दो – चार लोगों का ही नहीं होता, अपितु वहाँ निवास करने वाले समस्त नागरिकों का होता है।

1314. जिस रिश्ते में स्वार्थ का भाव निहित रहता है, उस रिश्ते में अपनत्व का मीठापन गायब हो जाता है।

1315. किसी भी व्यक्ति के प्रति बिना जाने – समझे नकारात्मक अथवा गलत अनुमान लगाना यह उचित नहीं होता। क्योंकि ऐसा करने से स्वयं का स्तर गिरता है, न कि बढ़ता है।

1316. मधुर वचन लोगों को जोड़ने का काम करता है, परन्तु कठोर वचन नहीं।

1317. सफल, प्रतिभाशाली अथवा बुद्धिमान व्यक्तियों के पास खाली समय नहीं रहता। क्योंकि उनके हर कदम एवं कलम रचनात्मक कार्यों में व्यस्त रहता है।

1318. आप हर दिन खुश रहकर जीएं या नाखुश रहकर जीएं। यह आप पर निर्भर करता है। परन्तु याद रखें, खुश रहकर जीना स्वास्थ्य के लिए लाभप्रद रहता है।

1319. माँ – बाप के एहसानों को हम मरते दम तक भूल नहीं सकते और न उनके एहसानों को कुछ शब्दों में वर्णन कर सकते हैं। वे तो अवर्णनीय होते हैं।

1320. छोटे लोग जब बड़ी – बड़ी बातें करने लगें, तो समझ जाइए उनमें भी जागरूकता आ गई है।

1321. किसी भी कला अथवा विधा की उपयोगिता उसके प्रदर्शन में निहित होती है, उसे बंद करके रखने में नहीं।

1322. अच्छी आदतें अपनाने की चीजें होतीं हैं, छोड़ने की नहीं। जबकि बुरी आदतें छोड़ने की चीजें होतीं हैं, अपनाने की नहीं।

1323. हर किसी को धन, भोजन दे सकें या नहीं, मगर मधुर वचन, इज्जत, प्रेम एवं खुशियाँ अवश्य दे सकते हैं।

1324. मन से विकार निकल जाने पर ही अच्छे गुण विकसित होते हैं।

1325. जो कोई श्रेष्ठ गुणों को अपनाता है, वह एक श्रेष्ठ व्यक्ति बनता है।

1326. लक्ष्य की प्राप्ति तन – मन की सबलता से ही संभव होता है।

1327. पत्थर कभी पिघलता नहीं और मूर्ख कभी सुधरता नहीं।

1328. जिस घटना से नुकसान हो चुका हो, उसे बार – बार याद करके पछताने से कोई फायदा नहीं हो सकता, बल्कि उससे गहरी मानसिक क्षति पहुँचती है। इसलिए उसको जीवन की एक घटना मानकर भूल जाना ही बेहतर होता है।

1329. जितना मोह – लगाव अपनी चीजों पर होता है, उतना परायी चीजों पर नहीं।

1330. पुण्य कर्मों में अपना योगदान होना चाहिए, पाप कर्मों में कभी नहीं। क्योंकि पुण्य कर्मों से सुख – शांति मिलती है। जबकि पाप कर्मों से दुख और अपमान के सिवाय और कुछ नहीं मिलता।

1331. पेड़ में फल उचित समय आने पर ही लगते हैं। इसलिए यहाँ पर अधीर होना उचित नहीं होता।

1332. जिसका कार्य – व्यवहार अच्छा रहता है, उसके साथ लोग जुड़ते जाते हैं, लेकिन जिसका कार्य – व्यवहार खराब रहता है, उससे लोग टूटते चले जाते हैं।

1333. एक – दूसरे के साथ जुड़कर रहने में जैसा सुख और मजा है, वैसा अपने आपको अलग – थलग रखने में नहीं।

1334. लगातार एक ही तरह के काम करने से उत्साह में कमी आ जाती है। इसलिए काम करने के तरीके में समय – समय पर बदलाव लाते रहना चाहिए होता है।

1335. अपने गुणों को विकसित करके जिन्दगी को खूबसूरत बनानी पड़ती है। वह पहले से बनी बनायी नहीं मिलती।

1336. श्रेष्ठ कर्मों के कारण प्रतिष्ठा मिलती है। उस प्रतिष्ठा का जीवन भर बनाये रखना यह एक बड़ी बात होती है।

1337. हर इंसान में इच्छाओं की कमी नहीं होती, परन्तु हर इच्छा पूरी नहीं होती। फिर भी उस बात को लेकर निराश होना नहीं चाहिए।

1338. एक मनुष्य चाहे तो अपनी हिम्मत, लगन और परिश्रम से अपना दुर्भाग्य को सौभाग्य में बदल सकता है।

1339. नेक इरादे और श्रेष्ठ कर्म व्यक्ति को महान बनाने में सहायक सिद्ध होते हैं।

1340. एक आदर्श विद्यार्थी विद्यालय, परिवार और देश का अनमोल रत्न की तरह होता है।

1341. जिस दिन भी निराशा में आपने जीवन बिताया, समझो वह दिन बेकार चला गया और जिस दिन को उत्साह के साथ जीवन बिताया, समझो वह दिन सार्थक हो गया।

1342. विफलता के बाद भी विफलता ही मिले, तो भी प्रयास करना कभी न छोड़ें। क्योंकि बार – बार प्रयास करने के बाद ही सफलता मिलती है।

1343. अनीतिपूर्वक कमाया हुआ धन फलता – फूलता नहीं। ऐसा धन व्यक्ति को दुख ही दुख दे जाता है।

1344. श्रेष्ठ आदतें मनुष्य को श्रेष्ठ बनाने में अहम भूमिका निभातीं हैं।

1345. महान एवं सफल लोग केवल अपने लिए नहीं जीते, बल्कि वे दूसरों के लिए जीना ज्यादा पसंद करते हैं।

1346. निर्धनता किसी भी व्यक्ति को अच्छी नहीं लगती। क्योंकि वह बहुत ही दुखदायी होती है। इसलिए निर्धनता से धन – सम्पन्नता की ओर बढ़ चलना यह बहुत जरूरी होती है।

1347. विश्वास पर विश्वास रखो और उस पर दृढ़ रहो। इस दौरान इधर – उधर की बातों को जो कि वे आपके विश्वास को कमजोर करतीं हों, उन पर कभी ध्यान मत दो। फिर देखो '' असंभव भी संभव '' हो जायेगा। क्योंकि विश्वास में बड़ी शक्ति जो होती है।

1348. बेईमानी, छल – कपट और धोखाधड़ी से कमाया हुआ धन, डिग्री और सम्मान ये सब भले ही मनुष्य को कुछ समय के लिए सुख देते हों, परन्तु बाद में ये सब दुख के कारण बन जाते हैं।

1349. किसी के प्रति बदले की भावना मत रखो, बल्कि उस व्यक्ति की जिन्दगी किस तरह बदले, ऐसी भावना रखो। ताकि उसकी जिन्दगी में सुधार आ सके।

1350. परिश्रम करके धन कमाना आवश्यक होता है। क्योंकि उससे अपना पेट – परिवार चलता है।

1351. प्रेम एवं एकता के सुत्र में बंधकर रहना यह राष्ट्रहित के लिए सर्वथा उचित रहता है। क्योंकि उसके माध्यम से कठिन से कठिन कार्य को भी आसानी से सम्पन्न किया जा सकता है।

1352. वह न्याय, न्याय नहीं होता, जो दूसरे पक्ष को भी अपनी बातें रखने का अवसर नहीं देता।

1353. उस तन को हर कोई नमन करता है, जो अपने लिए नहीं, दूसरों के लिए जीता है।

1354. जो व्यक्ति परिश्रम करता है, वह मालामाल हो जाता है, परन्तु जो कोई परिश्रम से भागता है, वह एक न एक दिन अवश्य ही कंगाल हो जाता है।

1355. जिस व्यक्ति में कुशाग्र बुद्धि होती है, उसके पास अच्छे – अच्छे कार्य करने की शक्ति एवं युक्ति होती है।

1356. लोग अपनी – अपनी जगह में बड़ी – बड़ी बातें तो बहुत करते हैं, परन्तु देश के नव – निर्माण के लिए कम ही बातें करते हैं। यदि ऐसी ही बड़ी – बड़ी बातें देश के विकास, एकता एवं सुख – समृद्धि के लिए भी की जातीं, अच्छी सोच रखकर ठोस कदम उठाया जाता, तो यह देश और अधिक महान एवं खूबसूरत बन जाता। आओ हम सब मिलकर एवं मतभेद भूलाकर देश के नव – निर्माण में अपना – अपना योगदान देना अपना परम कर्त्तव्य समझें

1357. माँ – बाप जन्म देते हैं, परन्तु अपनी जिन्दगी को अपने ही हाथों से सजाना पड़ता है।

1358. परिवर्तन का साथ दोगे, तो परिवर्तन भी आपका साथ देगा।

1359. निंदा कभी किसी को खुशियाँ दे नहीं सकती। क्योंकि वह निर्दयी होती है।

1360. शिक्षा, ज्ञान और धन के बिना मानव जीवन व्यर्थ हो जाता है।

1361. अपसंस्कृतियों से बचकर रहना यह सभ्य समाज के लिए अच्छा होता है।

1362. जिस किसी ने मुसीबतों से लड़ा है, वही आज आगे बढ़ा है।

1363. जो कोई इंसान सभ्यता एवं ईमानदारी के साथ रहता है, उसे हर कोई अपना मित्र बनाना सौभाग्य समझता है।

1364. रोजगार – धंधा नहीं मिलने से लोगों को अपना जीवन चलाना बड़ी मुश्किल हो जाती है। फलतः ऐसी स्थिति में लोगों की खुशियाँ धीरे – धीरे गायब होने लगतीं हैं।

1365. राष्ट्र की सेवा सबसे बड़ी सेवा होती है। क्योंकि वह सेवा मातृभूमि की सेवा होती है।

1366. अच्छे संस्कार मानव जीवन के आधार स्तंभ होते हैं। जिन पर जीवन का भव्य भवन खड़ा होता है।

1367. जिन लोग दिल के सच्चे होते हैं, वे लोग अपने आचरण – व्यवहार से भी अच्छे ही होते हैं।

1368. साहित्य ज्ञान का दाता होता है। उससे जितना ज्ञान लेना चाहो, वह उतना ही ज्ञान देता है।

1369. बुरी आदतें मनुष्य को बर्बाद करने का काम करतीं हैं। जबकि अच्छी आदतें आबाद करने का काम करतीं हैं। इसलिए हर संभव अच्छी आदतों को अपनाने का प्रयास करें, बुरी आदतों को कदापि नहीं।

1370. लेने वाला व्यक्ति से देने वाला बड़ा होता है। इसलिए लेने के लिए आगे नहीं, देने के लिए आगे रहें।

1371. मानव जीवन में प्रसन्नता का विशेष महत्व होता है। क्योंकि वह जीवन को ऊर्जा देकर ऊर्जावान बनाती है।

1372. गुणों, योग्यताओं को केवल संचय करने के बजाय अपने जीवन में उपयोग में लाना कहीं ज्यादा बेहतर होता है।

1373. जैसे पानी से अग्नि शांत होती है। वैसे ही चुप्पी से क्रोध शांत हो जाता है।

1374. अपनी भावी योजनाओं के बारे में हर किसी को बताना नहीं चाहिए। क्योंकि क्या पता, कब किसकी बुरी नजर उन पर लग जाये ?

1375. क्रोधित होकर बोलेंगे, तो कोई सुनना पसंद नहीं करेगा और यदि नम्रता पूर्वक बोलेंगे, तो हर कोई सुनना पसंद करेगा।

1376. यदि आप लोगों को इज्जत देंगे, तो लोग भी आप को इज्जत देंगे।

1377. सज्जन लोग किसी को दुख नहीं पहुँचाते, बल्कि वे तो हर किसी का दुख हरने की कोशिश करते हैं।

1378. उन लोगों के प्रति कृतज्ञ रहो, जिन्होंने आपकी मुसीबत के समय साथ दिया हो।

1379. नैतिकता का मार्ग वस्तुतः श्रेष्ठ मार्ग होता है। क्योंकि उस मार्ग पर चलने वालों को सुख – समृद्धि की प्राप्ति होती है।

1380. उस देश में केवल जंगली जानवरों का ही राज्य होता, जहाँ एक भी मनुष्य का जन्म नहीं होता।

1381. साहित्य सृजन का काम करना यह सब लोगों के वश की बात नहीं होती। ऐसा उच्च कोटि का काम महान लोगों के द्वारा किया जाता है। जिन पर समाज – राष्ट्र गर्व करता है।

1382. बच्चे किसी के पास हों, उनकी उचित देखभाल एवं सुरक्षा देने की जरूरत पड़ती है। क्योंकि बच्चे अबोध होते हैं।

1383. अच्छे विचारों और अच्छी आदतों का हमेशा स्वागत करना चाहिए, लेकिन बुरे विचारों और बुरी आदतों का हमेशा तिरस्कार ही करना चाहिए।

1384. उस व्यक्ति का सामाजिक मूल्य बढ़ता है, जो समाज से ज्यादा सरोकार रखता है।

1385. हमारी मातृभाषा कौन सी है ? यह बात महत्वपूर्ण नहीं है, बल्कि हम उस भाषा का अपने जीवन में कितने अधिक उपयोग में लाते हैं यह बात महत्वपूर्ण है।

1386. अनुचित कार्य को अपने हाथों में लेना नहीं चाहिए। क्योंकि ऐसा करने से लाभ के बजाय हानि ही होती है।

1387. भलाई करने से भला किसका भला नहीं होता ?

1388. एक इंसान को ऐसा विचार रखना नहीं चाहिए कि निराश भरा मन में उजास आने की कभी संभावना नहीं रहती।

1389. किसी उत्कृष्ट कार्य की इसलिए प्रशंसा की जाती है, क्योंकि वह गुणवत्ता युक्त और प्रेरणादायक होता है।

1390. झूठ बोलने की आदत मनुष्य को विनाश की ओर ले जाती है।

1391. मूर्ख कभी नहीं सुधरता। क्योंकि उसे असली शिक्षा और संस्कार मिला नहीं होता।

1392. यदि हम में आगे बढ़ने का हौसला, जज्बा और जुनून हो, तो एक दिन अवश्य मंजिल हासिल करके रहेंगे।

1393. सपना देखना हर इंसान का जन्मसिद्ध अधिकार होता है। सपने देखकर उसे यूँ ही छोड़ देना नहीं चाहिए, अपितु अपना पुरूषार्थ के सहारे उसे मूर्त रूप देना आवश्यक होता है।

1394. जीवन में ज्ञान पाना भी जरूरी है और धन कमाना भी जरूरी है। धन चंचल होता है, मगर ज्ञान स्थायी होता है।

1395. कष्ट पहुँचाने वाले को भी एक न एक दिन अवश्य ही दण्ड भुगतना पड़ता है।

1396. साहस, उत्साह और प्रयास सफलता पाने की सीढ़ियाँ होते हैं।

1397. सत्य, धर्म, ईश्वर, गुरू, माता – पिता एवं बड़ों के सामने हाथ जोड़ना एवं आदर करना यह बड़प्पन है, न कि नजर अंदाज करना।

1398. जो इंसान केवल अपने ही विचारों और चीजों को पसंद करता है, लेकिन दूसरे लोगों के विचारों और चीजों को पसंद नहीं करता है। ऐसा इंसान को कोई पसंद नहीं करता।

1399. बढ़ने वाले बहुत आगे बढ़ जाते हैं, परन्तु एक – दूसरे के पैर खींचने वाले नहीं।

1400. मनुष्य में जब तक नैतिकता रहती है, तब तक वह मनुष्य को गलत होने नहीं देती।

1401. तारीफ करने से तारीफ मिलती है। उसे हमेशा नजर अन्दाज मत करते रहो। किसी की तारीफ कर देखो। उससे अपने जीवन को बड़ा ही आनंद मिलेगा।

1402. खुश रहना यह स्वास्थ्य के लिए फायदेमंद होता है।

1403. अपने आप में मजबूती लाने के लिए समय एवं अनुशासन पालन में दृढ़ता दिखाने की जरूरत पड़ती है।

1404. जोड़ने, बनाने में विश्वास रखें, मगर तोड़ने या बिगाड़ने में नहीं। क्योंकि जोड़ने, बनाने में जैसी खुशी मिलती है, वैसी खुशी तोड़ने या बिगाड़ने में नहीं।

1405. अपने ज्ञान को अपने तक सीमित रखना नहीं चाहिए, अपितु दूसरे लोगों में बाँट देना लाभदायक होता है।

1406. बुद्धि मनुष्य की असली पूँजी होती है। उसके बिना मनुष्य जीवन अंधकारमय हो जाता है।

1407. सृजनहार को अपने द्वारा सृजित चीज जब कभी टूट जाती है, तो उसे बड़ी पीड़ा पहुँचती है। वस्तुतः सृजन करने में आनंद मिलता है, विध्वंस करने में नहीं।

1408. अशांति फैलाने वालों को समाज कभी माफ नहीं करता।

1409. हम उन लोगों के प्रति सबसे ज्यादा एहसान मंद रहते हैं, जिन लोग हमारी विपत्ति के समय निःस्वार्थ भाव से सहयोग किये रहते हैं।

1410. महान व्यक्ति और छोटे व्यक्ति में एक बड़ा अन्तर यह भी होता है कि महान लोग कम बोलते हैं और ज्यादा सुनने का प्रयास करते हैं। जबकि छोटे लोग ज्यादा बोलते हैं, लेकिन कम सुनना चाहते हैं। महान लोग छोटे – बड़े हर किसी की बातों को गंभीरता से सुनते हैं और उसे उचित निराकरण में लग जाते हैं। जबकि छोटे लोग हर किसी की बातों को सुनना पसंद नहीं करते।

1411. सादगी जीवन एक श्रेष्ठ जीवन होता है।

1412. किसी को भी केवल अपने नाम के आधार पर पहचान नहीं मिलती, बल्कि अच्छे विचारों और कर्मों के आधार पर पहचान मिलती है।

1413. परिश्रम करने से ही जीवन चलता है। इसलिए परिश्रम से प्रेम करो। क्योंकि परिश्रम से ही जीवन को सुख – शांति मिलती है।

1414. बच्चों के लिए नैतिक शिक्षा आधार शिला का काम करती है।

1415. समझदार लोग दुख पाने का नहीं, सुख पाने का प्रयास करते हैं।

1416. पेड़ – पौधों को लगाना और पर्यावरण का संरक्षण करना ये सब हम धरती वासियों को ही करना पड़ता है। क्योंकि इनका लाभ धरती वासी ही उठाते हैं, परलोक वासी नहीं।

1417. झूठ का सहारा लेकर काम निकालना यह अनुचित कृत्य होता है। जिसका दुष्परिणाम मनुष्य को भुगतना ही पड़ता है।

1418. इस संसार में ''मैं ही सर्वेसर्वा हूँ।'' ऐसी सोच रखने वाला मनुष्य का शीघ्र पतन हो जाता है।

1419. अपने आप को पहचानें और कुछ ऐसा बेहतर कार्य कर जाएं कि उससे समाज के लोगों को प्रेरणा मिल सके।

1420. बड़ों के द्वारा बताये गये आदर्शों का अनुसरण करने में भले ही पहले – पहले परेशानी हो सकती है, परन्तु वे जीवन के लिए बाद में फायदेमंद ही साबित होते हैं।

1421. किसी भी मनुष्य को अपनी विद्वता, पद – प्रतिष्ठा, बल, धन या सुन्दरता पर घमण्ड करना नहीं चाहिए।

1422. हमारी भारतीय संस्कृतियाँ सबसे प्यारी, सबसे न्यारी होतीं हैं। हमें उन संस्कृतियों पर गर्व होता है। क्योंकि ऐसी अच्छी संस्कृतियाँ दुनिया में कहीं भी देखने को नहीं मिलतीं।

1423. दस स्थानों के दस तरह के लोगों से मेल – मुलाकात करने के काम से उससे न केवल मनोरंजन हो जाता है, अपितु दस प्रकार के ज्ञान भी मिल जाते हैं।

1424. नक्शा तभी बदलता है, जब कोई चीज का निर्माण अथवा नाश होता है। उसी प्रकार जब कोई मनुष्य विद्या, ज्ञान, सद्गुण एवं हुनर सीखकर अपने जीवन में अमल करता है, तभी उसके जीवन में बदलाव होता है।

1425. मामूली सा काम को देखकर बोझिल हो जाने वाला इंसान न तो तरक्की कर सकता है और न अपने काम व नाम से किसी को प्रभावित कर सकता है।

1426. कमजोर व्यक्ति को पछाड़ना आसान है, परन्तु बहादुर व्यक्ति को नहीं।

1427. आस और प्रयास से कठिन कार्य को भी सरल किया जा सकता है।

1428. तारीफ एक खुशनुमा चीज होती है। जो हर किसी को खुशियाँ देने का प्रयास करती है।

1429. जिस राष्ट्र के नागरिक आपस में मिलजुल कर रहते हैं एवं हर किसी के प्रति प्रेम भाव रखते हैं, वहाँ राष्ट्रभक्ति खूब फूलती – फलती है।

1430. धन के छोटे होने में नहीं, मन के छोटे होने में शर्मिन्दा होना पड़ता है।

1431. शिक्षा – दीक्षा के बिना मनुष्य सुयोग्य नहीं बनता।

1432. वही व्यक्ति कोई बड़ी उपलब्धि हासिल कर सकता है, जिसमें बुलन्द हौसला, कर्मवीरता, लगनशीलता, प्रसन्नता और धैर्यता के गुण होते हैं।

1433. सहृदय व्यक्ति का जीवन खुशी – खुशी इसलिए बीतता है कि वह दूसरे व्यक्तियों के साथ सभ्य एवं मित्रवत् व्यवहार रखते हुए जनहितार्थ के कार्यों में अग्रणी रहता है।

1434. जो भवन भव्य होता है, उसमें कोई खास परिवर्तन करने की जरूरत नहीं होती, परन्तु जो भवन बहुत कमजोर – जर्जर हो चुका होता है, उसमें ज्यादा परिवर्तन करने की जरूरत होती है। वस्तुतः परिवर्तन लाने पर ही अच्छाईयाँ पायी जा सकतीं हैं।

1435. देश के उन महान विभूतियों को कभी भूलना नहीं चाहिए। जो देश की सेवा एवं नव – निर्माण में अपना सब कुछ न्यौछावर कर दिये होते हैं।

1436. कमजोर के कमजोर वही मनुष्य बना रहता है, जो अपने आपको हमेशा कमजोर ही समझता है।

1437. फूलों से मानव मन को प्रसन्नता ही मिलती है। उसी प्रकार एक मानव के द्वारा किये गये अच्छे कर्मों से समाज के लोगों को प्रेरणा ही मिलती है।

1438. क्रोध एक धारदार हथियार की भाँति होता है। चोट पहुँचाना उसका स्वभाव होता है। इसलिए उससे हर संभव बचकर रहने में ही समझदारी है।

1439. विद्या मनुष्य को जीवन जीने की कला सिखाती है।

1440. वे लोग कितने कृतघ्न होते हैं, जो किसी से काम निकाल तो लेते हैं और बाद में उसी को बेकार समझते हैं।

1441. जब तक दीपक प्रदीप्तमान रहता है, तब तक वह अंधेरा दूर करता रहता है। ठीक वैसा ही एक गुरू का जीवन होता है। वह जब तक जीवित रहता है, तब तक शिक्षा और ज्ञान देता रहता है।

1442. प्रशंसा सबके सामने करना उचित रहता है, परन्तु किसी का अपमान सबके सामने करना उचित नहीं होता।

1443. हर अच्छी आदतें मनुष्य को उभरने, निखरने का पूरा मौका देती है। समझदार व्यक्ति लपक कर उन अच्छी आदतों को पकड़ लेते हैं, परन्तु नासमझ – अनाड़ी लोग ताकते ही रह जाते हैं।

1444. एक आदर्श जीवन जीने के लिए प्रेम, दया, नम्रता, क्षमा और त्याग जैसे गुणों को अपनाना बहुत जरूरी होती है। क्योंकि इन गुणों का जितना उपयोग करेंगे, उतना ही उपयोगी बनेंगे।

1445. ईमानदार व्यक्ति दूसरों से इसलिए ज्यादा सुखी रहता है कि वह हमेशा ईमानदारी की राह पर चलता है।

1446. नफरत की भावना आग की तरह नुकसानदायक होती है। इसलिए उसे कभी प्रश्रय देना नहीं चाहिए।

1447. सादगी जिन्दगी हीरा जैसी चमक, चाँद जैसी शीतलता देती है।

1448. इज्जत मनुष्य की बहुमूल्य पूँजी होती है।

1449. धनी बनो, मगर उसके पहले ज्ञानी बनो।

1450. विद्यार्थी का भाग्य का दरवाजा तब खुलना प्रारंभ हो जाता है, जब वह गुरू और विद्यालय के सानिध्य में आ जाता है।

1451. मुस्कुराने की चाहत रखने वाला व्यक्ति एक बार नहीं, हजार बार बहाना ढूँढ़ निकालता है। क्योंकि वह जानता है कि ऐसा करने से फायदा ही फायदा होता है।

1452. अगर हम अपनी योग्यता को समय रहते पहचान लें, तो वह हमें इतनी ऊँचाई तक ले जाती है कि जिसका हम पहले से अनुमान ही नहीं लगाये होते हैं।

1453. किसी भी व्यक्ति के साथ छल – कपट करना नहीं चाहिए।

1454. यदि आपको बातचीत के समय तिरछी नजरों से कोई देखता हो, तो समझ लीजिए वह आपका मित्र नहीं, कपटी इंसान है।

1455. काम के बाद भोजन करै, भोजन बाद पूरा विश्राम। जो जन यह नियम साधै, वह पावै सदा सुख – धाम।

1456. उत्तम व्यक्ति किसी की आवश्यकता भाँप लेते हैं और माँगने के पहले मदद कर देते हैं।

1457. मुस्कुराने की आदत जिन्दगी की सबसे अच्छी आदतों में से एक होती है। जितना हो सके मुस्कुराने का प्रयास करते रहना चाहिए। क्योंकि जो व्यक्ति जितना अधिक मुस्कुराता है, वह उतना ही स्वस्थ और दीर्घायु होता है।

1458. जब भी बोलें, सम्हल कर बोलें। अन्यथा जुबान फिसलने में देर नहीं लगती।

1459. उदयमान सूर्य को हर कोई नमस्कार करता है, मगर अस्त हुआ सूर्य को कोई नहीं।

1460. छोटे लोगों को केवल छोटे लोग समझने की भूल नहीं करनी चाहिए। क्योंकि जैसा काम छोटे लोग कर सकते हैं, वैसा काम बड़े लोग नहीं कर सकते।

1461. केवल मिठाई खिलाकर किसी का दिल जीता जा नहीं सकता। किसी का दिल जीतने के लिए बहुत कुछ और भी त्याग करना पड़ता है।

1462. प्रकृति समस्त संसार को हरियाली और खुशहाली देती है। हम भी उसकी हरियाली और खुशहाली के लिए सहभागी बनें।

1463. जीवन के सबसे अच्छे मित्र और मार्गदर्शक माता – पिता, गुरू, मित्र और पुस्तकें होते हैं।

1464. यदि आपकी अच्छे लोगों में गिनती होती है, तो यह आपके लिए एक बड़ी उपलब्धि है।

1465. कुछ चीजें ऐसी होतीं हैं, जो केवल पैसों से नहीं, प्रेम से मिलतीं हैं।

1466. रिश्ते निभाने के लिए बनते हैं, तोड़ने के लिए नहीं।

1467. वह मनुष्य हमेशा कमजोर बना रहता है, जो अपने आपको कमजोर ही समझता है।

1468. खुश रहने वाला व्यक्ति ही दूसरों को खुशियाँ दे सकता है।

1469. दुर्भावनाएं लोगों को जोड़ने का काम नहीं, तोड़ने का काम करतीं हैं। जबकि सद्भावनाएं लोगों को तोड़ने का काम नहीं, जोड़ने का काम करतीं हैं।

1470. संघर्ष जितना कठिन होता है, सफलता भी उतनी ही बड़ी मिलती है।

1471. भगवान द्वारा मानव को दिया गया सबसे बड़ा वरदान बुद्धि है। बुद्धि ही मानव को मानव बनाती है। इसलिए बुद्धि का अधिकाधिक उपयोग करना जानें।

1472. यदि इस संसार में सज्जनों, विद्वानों एवं ईमानदार लोगों का बोलबाला नहीं होता, तो दुष्ट एवं बेईमान लोगों का बोलबाला हो जाता।

1473. माता – पिता, गुरू एवं बड़ों का काम आना यह सौभाग्य की बात होती है।

1474. बुद्धि तो हर किसी में होती है, परन्तु हर कोई उसका सही – सही इस्तेमाल करने नहीं जानता। जो व्यक्ति उसका उचित ढंग से इस्तेमाल करने जानता है, उसका भाग्य का दरवाजा खुल जाता है।

1475. अच्छे लोग किसी काम का अच्छा परिणाम मिलने पर उसका श्रेय स्वयं नहीं लेते, बल्कि वे हर साथी को श्रेय देना पसंद करते हैं।

1476. प्रेम में बड़ी शक्ति होती है। उस शक्ति से पराये एवं परमात्मा को भी खुश किया जा सकता है।

1477. मनुष्य के हाथों निर्मित वस्तुओं का मूल्यांकन कर पाना संभव है। लेकिन प्राकृतिक वस्तुओं का मूल्यांकन कर पाना असंभव है। जैसे भूमि, पर्वत, वायु, जल इत्यादि।

1478. नेतृत्व करने का आशय केवल सबके सामने में या आगे की पंक्ति में रहने से नहीं है, बल्कि अपने तन, मन, धन के साथ अपनी श्रेष्ठता समाज हित एवं सेवा कार्यों में आगे रहने से है।

1479. अहंकार अथवा क्रोध के वशीभूत होकर किया गया छोटा सा छोटा प्रहार को भी लोग कभी नहीं भूलते।

1480. कुछ लोग गुणी लोगों के गुणों को इसलिए समझ नहीं पाते। क्योंकि उनमे गुणों को समझने की शक्ति नहीं होती।

1481. अंधेरा में एक दीपक जला दिया जाये, तो अंधेरा दूर हो जाता है। ठीक उसी प्रकार कोई बड़ी उपलब्धि पाना चाहते हैं, पर उसे पाना असंभव सा लग रहा हो, इसके बाद भी पूर्ण विश्वास व साहस के साथ एक बड़ा प्रयास करना उपयुक्त रहता है।

1482. एक मनुष्य को सद्ज्ञान प्राप्त करने का हर संभव प्रयास करते रहना चाहिए। क्योंकि सद्ज्ञान के बिना जीवन का उद्धार नहीं हो सकता।

1483. खिले हुए चेहरे में किसी दुखी मन को भी खुश कर देने की क्षमता होती है। इसलिए हम भी खुश रहें और दूसरों को भी खुश रखने का प्रयास करें।

1484. जन हितार्थ में किया गया योगदान बड़ा ही पुण्य – परमार्थ का काम होता है।

1485. निराश मन से किये गये कार्य का परिणाम निराशाजनक ही आता है।

1486. सफल जीवन के लिए आशा और उत्साह की डोर थामे रहना पड़ता है।

1487. प्रेम भाव मनुष्यों के बीच आत्मीयता बढ़ाता है। चाहे वह मनुष्य करीब का हो या दूर का हो। जबकि नफरत की भावना मनुष्यों के बीच जहर घोलकर दूरी बढ़ाती है। इसलिए प्रेम सबसे करो, मगर नफरत किसी से मत करो।

1488. उस घर – परिवार में उन्नति खूब होती है, जहाँ भाईचारा एवं समन्वय की भावना अच्छी होती है।

1489. सरल जीवन एक साधारण जीवन होते हुए भी उसमें महानता छुपी हुई होती है।

1490. उदाहरण देख लेने भर से कोई उदाहरण बन नहीं सकता। उसके लिए हौसला जुटाकर कोई उदाहरण प्रस्तुत करना पड़ता है।

1491. विद्या मानव जीवन को उन्नत बनाने एवं सँवारने में सहायक सिद्ध होती है।

1492. अच्छे लोग ही अपने जीवन में अच्छी आदतों को शुमार किये हुए रहते हैं, बुरे लोग नहीं।

1493. भले ही संकल्प शक्ति विकसित करने में कोई मूल्य चुकाना नहीं पड़ता, परन्तु उसे स्वयं में प्रयोग करने से एक दिन अपने आप को मूल्यवान बनाया जा सकता है।

1494. जीवन को सफल बनाने के लिए अच्छे गुणों को विकसित करते रहना चाहिए होता है।

1495. दूसरे लोगों से इज्जत यूँ ही नहीं मिलती। पहले उनकी इज्जत करनी पड़ती है।

1496. जिस प्रकार माली बागीचा में लगी हर पेड़ – पौधों से प्रेम करता है। चाहे वह पौधा मध्य भाग में हो या आखिरी छोर में लगी हो। उसी प्रकार एक अच्छा इंसान हर किसी के साथ प्रेम, सद्भावना बनाये रखता है। साथ ही वह ऐसा करने के लिए दूसरों को भी प्रोत्साहित करता रहता है।

1497. जो विद्यार्थी आदर्श होते हैं, वे हर दृष्टि से अच्छे होते हैं एवं ऐसे विद्यार्थियों के कारण विद्यालय और समाज का गौरव बढ़ता है।

1498. सुविचार केवल सुन्दर लेख नहीं होता, बल्कि वह मानव मन में पहुँचकर मानवीय गुणों को विकसित करने एवं व्यक्तित्व निर्माण में अहम भूमिका निभाता है।

1499. बदले की भावना हमेशा नुकसानदायक होती है।

1500. सद्भावनाओं एवं अमृतवाणी की सदा जय होती है।

1501. जैसी सोच, वैसा कार्य होगा। यदि सोच अच्छी रही, तो कार्य भी अच्छा ही होगा।

1502. मातृभूमि की भूमि पावन भूमि होती है। जिसके सामने हम सब बारम्बार नतमस्तक होते हैं।

1503. कड़ी मेहनत बड़ी उपलब्धि का हकदार होती है।

1504. एक आदर्श शिक्षक वही होता है, जो अपनी श्रेष्ठता, शिक्षा – दीक्षा देकर आदर्श शिष्यों का निर्माण करता है।

1505. अच्छी किताबें मनुष्य को आदर्श एवं ज्ञानवान बनने में सहायक सिद्ध होतीं हैं।

1506. किसी की राह में बाधा डालने से खुशियाँ नहीं मिलतीं, बल्कि किसी की राह की बाधाओं को दूर करने से खुशियाँ मिलतीं हैं।

1507. अवगुणों में कोई रस नहीं होता। रस तो सद्गुणों में होता है। इसलिए अवगुणों की अपेक्षा सद्गुणों को अपनाना यह सर्वथा उचित होता है।

1508. हर इंसान अपने कार्यक्षेत्र में उत्कृष्ट हो नहीं सकता, परन्तु परिश्रमशीलता, साहस, सूझबूझ और कुछ अच्छा कर दिखाने का जुनून व जज्बा हो, तो उत्कृष्ट बना जा सकता है।

1509. माँ – बाप और प्रभु से संबंध कभी तोड़ना नहीं चाहिए। जिस दिन वह संबंध टूट गया, तो समझो हमें भी टूटने में देर नहीं लगेगी। जिसको बाद में अपने जीवन की सबसे बड़ी भूल मानी जायेगी।

1510. गुण और संस्कार के बिना जीवन बेकार हो जाता है।

1511. नैतिकता मनुष्य समुदाय की शिक्षिका के समान होती है। जो कि वह मनुष्य समुदाय को जीवन जीने की कला सिखाती रहती है।

1512. सदाचरण का जो व्यक्ति मान करता है, उसका मान अवश्य बढ़ता है।

1513. दीपक का स्वभाव होता है कि अपने प्रकाश से अंधेरा को दूर करना। ठीक उसी प्रकार सज्जनों को स्वभाव होता है कि समाज के लोगों की सेवा व भलाई के लिए काम करना।

1514. हमारी सफलता में हमारे अच्छे संस्कारों का बड़ा ही योगदान रहता है। इसलिए अच्छे संस्कारों का नजर अंदाज करना नहीं चाहिए।

1515. अहिंसा का मार्ग अपनाना यह मानव जीवन के लिए श्रेयस्कर होता है।

1516. संस्कृति में मधुरता के साथ – साथ सुगंध भी होती है। इसलिए वह हर किसी को जोड़े रखने में सक्षम रहती है।

1517. माता – पिता के छत्रछाया में रहो, तो सुख ही सुख का एहसास होता है।

1518. सफल लोग इसलिए सफल होते हैं कि वे जिस काम को अपने हाथों में लेते हैं, उसे पूरी लगन, प्रसन्नता, विश्वास के साथ करते हैं और उसे हर हाल में पूरा करके ही छोड़ते हैं।

1519. दृढ़ इच्छाशक्ति और साहस के बलबुते कठिन से कठिन कार्य को भी आसान बनाया जा सकता है।

1520. प्रेम भाव में स्वर्ग जैसा आनंद समाहित रहता है। उसमें जितना घुसा जाये, उतना ही आनंद प्राप्त होता है।

1521. कर्त्तव्यनिष्ठ, शांतिदूत, विद्वान और ईमानदार व्यक्ति वस्तुतः समाज के चमकते सितारे जैसे होते हैं।

1522. जीवन को बेहतर बनाने के लिए आत्मचिंतन करना यह एक अच्छी आदत होती है।

1523. जो व्यक्ति सत्य और न्याय पर विश्वास नहीं करता, उस पर कोई विश्वास नहीं करता।

1524. न्याय सत्य का रूप है। वह असत्य का रूप धारण कभी नहीं करता। इसलिए किसी को इस भ्रम में नहीं रहना चाहिए।

1525. सपने तो सब देखते हैं, परन्तु जिन लोग आगे बढ़ कर पुरूषार्थ दिखा जाते हैं, उन्हीं के सपने साकार होते हैं।

1526. जिस घर – परिवार में बच्चों एवं महिलाओं का उचित देखभाल, सुरक्षा और मान – सम्मान किया जाता है, उस परिवार में हमेशा सुख – शांति का वास होता है और वह सदैव प्रगति की ओर अग्रसर रहता है।

1527. विचारना और लिखना ये दोनों काम अक्सर एकांत में ही संभव हो पाता है, भीड़ – भाड़ स्थान में नहीं।

1528. परिस्थिति की लीला भी गजब की होती है। यदि वह खुश हो जाये, तो एक गरीब भी अमीर बन जाता है और वह रूठ जाये, तो एक अमीर भी गरीब बन जाता है।

1529. कार्य की गतिशीलता प्रगति का द्वार खोल देती है।

1530. मित्र बनाने में विश्वास रखें, शत्रु बनाने में नहीं।

1531. चिन्ता और निंदा से बचकर रहना चाहिए। क्योंकि ये दोनों मनुष्य को पीड़ा ही पहुँचातीं हैं। चिन्ता स्वयं को और निंदा सुनने वाले को पीड़ा पहुँचाती है।

1532. अपने आप को सर्वश्रेष्ठ समझना यह सबसे बड़ी नादानी होती है।

1533. कार्य के प्रति लापरवाही, उदासीनता किसी को भी बर्दाश्त नहीं होती। इसलिए उसके प्रति सचेत रहना ही उसका समाधान है।

1534. हर कार्य आनंद देता है। जब उसे करने वाला आनंद के साथ करता है।

1535. डर से डरोगे, तो ऊँची उड़ान कैसे भरोगे ?

1536. साहित्य समाज का प्रकाश स्तंभ होता है। जिसके प्रताप से समाज को ज्ञान प्रकाश मिलता है।

1537. कुबुद्धि व्यक्ति को न केवल निरीह बना देती है, बल्कि वह व्यक्ति के लिए जानलेवा भी साबित होती है।

1538. विश्व की भलाई के लिए शांति स्थापना की दिशा में किया कार्य निश्चित ही एक महान कार्य होता है। उस कल्याणकारी कार्य में

हम सब को शांतिदूत बनकर सहयोग देना अपना कर्त्तव्य समझना चाहिए।

1539. प्रेम की भाषा बोलने वाला व्यक्ति हर किसी का दिल जीत लेता है। क्योंकि प्रेम की भाषा बड़ी गुणकारी होती है।

1540. समस्त प्राणी जगत को वरदान देने वाला सर्वशक्तिमान भगवान को दान देने की जरूरत नहीं पड़ती। क्योंकि वह किसी भक्त से दान पाने की इच्छा नहीं रखता। बल्कि दीन – हीन, रोगी, असहाय, अनाथ, दिव्यांगजन, गरीब स्कूली बच्चों को दान देने की जरूरत पड़ती है।

1541. विद्या पाने एवं अपने तन के लिए लगाया धन और समय कभी व्यर्थ नहीं जाता।

1542. जिन लोगों में शिष्टता, दया, क्षमा, त्याग और परोपकार के गुण मौजूद होते हैं, वे लोग साधारण नहीं, असाधारण होते हैं।

1543. ईश्वर का स्मरण एवं उसका गुणगान करना इस कृत्य को कभी भूलना नहीं चाहिए।

1544. हर मुलाकातें यादगार बन नहीं सकतीं। लेकिन जब भी अपनों एवं मित्रों से मुस्कुराहट के साथ मिलते हैं, तो वे मुलाकातें जरूर यादगार बन जातीं हैं।

1545. देश सेवा करने वाला इंसान भले ही मरने के बाद शहीद न कहलाये, परन्तु वह एक शरीफ इंसान जरूर कहलाता है।

1546. भले ही कम खर्च में जीवन गुजारा कर लो, मगर अपने बाल – बच्चों को शिक्षा अवश्य दिलाओ।

1547. अच्छे विचार अच्छी किताबों एवं अच्छे व्यक्तियों के सानिध्य में रहने से मिलते हैं।

1548. किसी को भी नुकसान पहुँचाने का प्रयास करना नहीं चाहिए।

1549. नारी कोमलता और शांति की प्रतिमूर्ति होती है।

1550. एक सच्चा इंसान दूसरों के सुख – दुख में साथ देना यह अपना कर्त्तव्य समझता है।

1551. सद्ज्ञान भले ही कठिनाई से मिलता हो, परन्तु वह हमेशा लाभ ही पहुँचा जाता है।

1552. जिस समाज में आपका जन्म हुआ है, उस समाज पर खुश रहो और गर्व करो। क्योंकि हर समाज मानव कल्याण के लिए ही बना

होता है। कोई भी समाज कभी किसी समाज से न तो छोटा होता है और न बड़ा, बल्कि समाज के लोगों की मेहनत, दया, सहिष्णुता, धर्म – कर्म और चरित्र से समाज का चरित्र बनता है और स्तर भी बढ़ता है। मानव जाति के लिए समाज सर्वोपरि होता है। समाज वह व्यवस्था व संस्था होता है, जिसकी छाँव मे रहकर मानव सुचारू रूप से जीवन – यापन करता है तथा समाज ही उसकी मृत्यु समय तक साथ देता है। साथ ही उसकी सद्गति मान – सम्मान के साथ करता है। इसलिए अपने समाज से जुड़कर रहिए एवं लोगों को जोड़कर रखिए।

1553. जो व्यक्ति रखता है पवित्र एवं सुन्दर विचार, उसको मिलतीं हैं हरदम खुशियाँ अपार।

1554. विद्यालय विद्यार्थियों का एक अच्छा व्यक्तित्व निर्माण करने का कारखाना होता है।

1555. कामचोर, बहानेबाज लोगों को उतनी खुशियाँ और उपलब्धियाँ नहीं मिल पातीं, जितनी मेहनतकश और ईमानदार लोगों को मिलतीं हैं।

1556. अच्छे लोग अच्छे विचारों के भावार्थ को बहुत जल्दी और अच्छी तरह से समझ जाते हैं। यही कारण है कि वे अपने आप को एक अच्छे इंसान के रूप में स्थापित करने में सफल रहते हैं।

1557. कोई उद्यम किये बिना किसी का नहीं चलता जीवन। चाहे वह राजा हो या रंक।

1558. यदि आप अपने कार्यक्षेत्र में कामयाब होना चाहते हैं, तो अपने आप में आत्मविश्वास, प्रसन्नता से भर लें और कड़ी मेहनत के लिए कमर कस लें तो कामयाबी जरूर मिलकर रहेगी।

1559. सफल व्यक्ति वह नहीं हो सकता, जो कोई सही अवसर आने का इंतजार करता है, बल्कि सफल व्यक्ति वह होता है, जो उपलब्ध अवसर को ही सुअवसर में बदलने की क्षमता रखता है।

1560. उस सिद्धांत को एक साफ – सुथरा सिद्धांत नहीं कहा जा सकता, जो सत्य को असत्य साबित करने का प्रयास करता हो।

1561. यदि देश – दुनिया में नियम – कानून एवं दण्ड व्यवस्था नहीं होती, तो वहाँ अधिक मात्रा में हिंसा, अत्याचार, उद्दंडता बढ़ जाते। फलतः लोग बदतर जीवन जीने को मजबूर रहते।

1562. फूलों जैसी महकने और मुस्कुराने की आदत जीवन को खूबसूरत बनाती है।

1563. घटिया लोग घटिया ही रहते हैं। क्योंकि वे अपनी घटिया सोच बदलना ही नहीं चाहते हैं।

1564. अच्छे लोगों की एक बड़ी खासियत यह होती है कि वे अच्छे कार्य करने वालों की प्रशंसा करना नही भूलते। ऐसा करने से प्रशंसा करने वाला का तो कुछ नहीं जाता, परन्तु प्रशंसा पाने वाला का हौसला और बढ़ जाता है। साथ ही वह व्यक्ति दुगुने मन व उत्साह से अपने अच्छे कार्यों को करने में लग जाता है।

1565. बुरे कर्मों से घृणा करना और सत्कर्मों को गले लगाना यह जीवन के लिए श्रेयस्कर होता है।

1566. हे मानवश्रेष्ठ! अपनी उन श्रेष्ठताओं और गुणों को कभी मत छोड़ो। जिनकी बदौलत आपको कामयाबी मिली हो।

1567. अगर आप किसी का साथ पाकर बहुत आनंद महसूस करते हैं। साथ ही उससे सही सलाह, हिम्मत, प्रेरणा एवं मार्गदर्शन मिलता हो, तो समझ लीजिए वह कोई साधारण नहीं, असाधारण व्यक्तियों में से एक है।

1568. एक मनुष्य को नियम तोड़ने की नहीं, अपितु नियमों का पालन करने की मंशा रखनी चाहिए। क्योंकि ऐसा करके ही दूसरे मनुष्यों से जुड़ा रहा जा सकता है।

1569. हम जितना जागरूक रहेंगे, उतना ही अंधविश्वासों एवं अन्य कई तरह के अवांछित तत्वों से दूर रह सकेंगे।

1570. यदि दिन की शुरूआत प्रभु का नाम लेकर और अच्छे विचार – कर्म से की जाये, तो अपना पूरा दिन शुभ ही शुभ एवं फलदायक रहता है।

1571. किसी भी चीज की अधिकता अच्छी नहीं होती।

1572. अपनों पर प्रेम, दया एवं विश्वास करना सीखें। क्योंकि वे हमेशा हमारी उन्नति के लिए ही सोचते हैं, अवनति के लिए कदापि नहीं।

1573. सोच – समझकर और शांत मन से लिया गया निर्णय ज्यादा फलदायी होता है।

1574. सभी शौक में अपने आपको एक अच्छा इंसान बनाने का शौक सबसे अच्छा शौक होता है।

1575. छल – कपट, ईर्ष्या, चुगली, निंदा एवं दूसरों का अहित चाहना ये सब व्यक्ति को असली सुख से वंचित रहते हैं। क्योंकि कोई व्यक्ति जब तक अपने दुर्गुणों का त्यागकर नहीं लेता, तब तक उसे असली सुख मिल नहीं सकता। यही विधि का विधान है।

1576. समाज – राष्ट्र के लिए उत्कृष्ट कार्य करने वाला व्यक्ति लोक श्रद्धा का पात्र होता है।

1577. जिसने अपने जीवन में एक पेड़ – पौधा नहीं लगाया, फिर तो उसने हरियाली बढ़ाने के लिए कुछ भी प्रयास नहीं किया।

1578. हर सुखदायी चीज दुखदायी नहीं होती, परन्तु हर दुखदायी चीज सुखदायी भी नहीं होती।

1579. सांसारिक जीवन जीने वाला कोई भी मनुष्य शत् – प्रतिशत् खरा साबित हो सके यह संभव नहीं होता।

1580. हर इंसान सामान्यतः एक समान होता है। फिर भी उसमें काम करने का तरीका अलग – अलग होता है। लेकिन जिसका कार्य करने का तरीका अच्छा होता है, वह दूसरों से ज्यादा सफल रहता है।

1581. एक अच्छा इंसान बनने के लिए सुन्दर रंग – रूप, कद – काठी की नहीं, बल्कि एक अच्छा मन, दृढ़ संकल्प की जरूरत होती है।

1582. मनुष्य चाहे तो अपने आपको बहुमूल्य बना सकता है।

1583. छल – कपट, विश्वासघात, लड़ाने – भिड़ाने वाले एवं बेईमानी करने वाले सदा निंदा के पात्र होते हैं।

1584. एक मनुष्य को बचपन से ही अपना चरित्र गठन पर ध्यान देते रहना चाहिए। क्योंकि जिसका चरित्र अच्छा होता है, वही सुखमय जीवन बिताने में सफल रहता है।

1585. जिस इंसान के पास हाथ, पैर, आँख और दिमाग सही सलामत होते हैं, उसे दरिद्रता कभी छू नहीं सकती।

1586. भूख जब सताती है, तब वह अमीरी – गरीबी की पहचान रेखा मिटा देती है। क्योंकि दोनों की दशा एक जैसी हुई रहती है।

1587. अपशब्द केवल अपयश ही बढ़ाने का काम करता है, न कि सुयश।

1588. मन में जब मलीनता आ जाती है, तब अच्छा इंसान भी बुरा बन जाता है और यदि मलीनता हट जाती है, तब बुरा इंसान भी अच्छा इंसान बन जाता है।

1589. अहंकार से बच के रहना चाहिए होता है। क्योंकि वह न तो किसी को सुखी से जीवन जीने देने की इच्छा रखता है और न तो किसी को सफल होने देने की इच्छा रखता है।

1590. हम एक प्रतिष्ठित इंसान बन सकें या नहीं यह एक अलग बात है, मगर अपने वचन और कर्मों से कभी अपमानित न होना पड़े यह एक बड़ी बात है।

1591. जिन लोगों में ज्यादा खामियाँ होतीं हैं, अक्सर वही लोग दूसरों में ज्यादा खामियाँ खोजते – फिरते हैं।

1592. एक मनुष्य में सारे अच्छे गुण होते हुए भी एक दुर्गुण पतन के द्वार तक ले जाने के लिए काफी होता है।

1593. एक स्वार्थी जीवन अपने ही स्वार्थ को पूरा करते – करते खप जाता है। ऐसा जीवन सेवा, धर्म और परोपकार के बारे में भला क्या जाने ?

1594. जिन लोगों ने जीवन में बड़े सपने देखे होते हैं, वैसे लोग अपने जीवन में तरक्की करने के कई अवसर हासिल कर ही लेते हैं।

1595. तन – मन की सुदृढ़ता मनुष्य को सफलता दिलाने में सहायक सिद्ध होती है।

1596. यदि कोई मशहूर व्यक्ति आपका नाम लेकर पुकारता हो, तो समझ लीजिए आप उसके प्रिय लोगों में से एक हैं।

1597. जिन लोग आपस में मिल – जुलकर रहते हैं, उन्हें मनवांछित फल अवश्य मिलकर रहता है।

1598. ईमानदार, विद्वान एवं कर्त्तव्यनिष्ठ व्यक्ति धरती के सबसे अधिक चमकने वाले सितारे जैसे होते हैं।

1599. मूर्खतापूर्ण कार्य करने वाला व्यक्ति को लोगों द्वारा न केवल हेय दृष्टि से देखा जाता है, बल्कि वह जग में हँसी का पात्र भी बन जाता है।

1600. वह व्यक्ति कितना धूर्त होता है, जो ताली पाने के लिए सामने आता है, परन्तु जब दूसरों को ताली देने की बारी आती है, तब वह दोनों मुट्ठी बन्द कर लेता है।

1601. जिस मनुष्य का जितना अधिक ज्ञान और अनुभव होता है, उसका उतना ही अधिक मान – सम्मान बढ़ता है।

1602. किसी भी ज्यादती अधिक दिनों तक नहीं चलती। जैसे ही उसे चोट पहुँचती है, काँच की भाँति टूटकर बिखर जाता है।

1603. कोई इंसान आदर एवं श्रद्धा का पात्र तब बन सकता है, जब वह जन एवं राष्ट्र सेवा के लिए अपना तन – मन – धन से महत्वपूर्ण योगदान देता हो।

1604. चुनौतियों का सामना किये बिना जीत नहीं मिलती।

1605. जो जीवन समाज – देश की सेवा के लिए काम न आये, वह जीवन व्यर्थ का जीवन होता है।

1606. मानव जीवन नाशवान होता है, चिरायु नहीं। इसलिए सोद्देश्य जीवन जीएं, उद्देश्यहीन जीवन नहीं।

1607. अहंकार, स्वार्थ और चुगलखोरी ये तीनों विवादों को बढ़ावा देना ही जानते हैं। जो कोई सज्जन इन तीनों बुराइयों से दूर रहता है, वह सुखी जीवन जीता है।

1608. अनुभव का खजाना जीवन के लिए हमेशा उपयोगी साबित होता है। अनुभव चाहे वह स्वयं का हो या पराये का हो। उसे अपने कार्य के समय प्रयोग में लाना चाहिए होता है। क्योंकि उससे कामयाबी की संभावना अधिक बढ़ जाती है।

1609. नदी पार करने के लिए तैरकर जाने के बजाय नाव से पार करना कहीं ज्यादा सुविधाजनक होता है।

1610. अनपढ़, अनाड़ी लोगों के बजाय पढ़े – लिखे शिक्षित लोग कहीं ज्यादा सफल रहते हैं।

1611. असंस्कारी व्यक्ति से संस्कारी व्यक्ति कहीं ज्यादा मान – सम्मान पाता भी है एवं सुखमय जीवन जीता भी है।

1612. दीर्घायु जीवन पाने के लिए रात्रि का भोजन कुछ कम ही लेना यह फायदेमंद होता है।

1613. कर्ज, मर्ज और कलह को कभी बढ़ने देना नहीं चाहिए।

1614. मुखिया का दायित्व निभाना यह एक कठिन काम होता है। उसे सरल काम समझना नहीं चाहिए।

1615. किसी भी कार्य को लापरवाही पूर्वक किया जाये, तो उसका परिणाम निराशाजनक ही मिलेगा और यदि उसे गंभीर होकर किया जाये, तो उसका परिणाम अवश्व ही संतोषप्रद मिलेगा।

1616. दुनिया में हमारा जन्म लेना यह एक बहुत अच्छी बात है, परन्तु यह अच्छी बात तब तक बनी रहेगी, जब तक हम सब वैचारिक मतभेदों को भूलाकर एवं मिल – जुलकर रहेंगे और जीवन को सार्थक एवं जनहित कार्यों में लगाये रहेंगे।

1617. जब तक अच्छा काम करते रहो, तब तक लोग एक बार भी गुणगान नहीं करेंगे, लेकिन जब कभी एक बार भी गलत कर जाओ, तो लोग तुरन्त निन्दागान करने लग जाते हैं।

1618. हर इंसान अपने जीवन में आगे बढ़ना, तरक्की करना और सफलता पाना चाहता है, परन्तु ये सब तभी फलीभूत हो सकता है, जब अपनों एवं मित्रों का साथ भी मिलता रहे। क्योंकि याद रखें हमारी सफलता में केवल स्वयं का ही योगदान नहीं रहता, बल्कि मित्रों का भी योगदान रहता है।

1619. जीवन तो कहीं भी जीया जा सकता है, लेकिन अपने पैतृक स्थान में रहकर जीवन जीया जाये, तो आनंद ही आनंद मिलता है।

1620. सफल व महान लोगों की जीवन कहानियाँ औरों को हमेशा प्रेरणा देतीं हैं।

1621. वह इंसान अपना ही रिकार्ड तोड़कर नया रिकार्ड बना लेता है, जो यह ठान कर चलता है कि बीते कल से आज अपने कार्यक्षेत्र में उत्कृष्ट प्रदर्शन कर दिखाना है।

1622. जिसके पास बहुत कुछ होते हुए भी मन में संतोष भाव नहीं रखता तथा मन में और अधिक धन – दौलत पाने की लिप्सा बनाये रखता है, वह व्यक्ति दरिद्र के समान होता है।

1623. कुल से नहीं, कर्मों से व्यक्ति महान बनता है।

1624. लक्ष्य के प्रति दृढ़ निश्चयी व्यक्ति इसलिए सफल रहता है कि वह सकारात्मक सोच के साथ आगे बढ़ता है। वह कभी न तो नकारात्मकता के प्रभाव में पड़ता है और न विफलता की परवाह करता है।

1625. कहीं – कहीं विडम्बना की बात यह होती है कि जिस काम को नहीं करने के लिए व्यक्ति को समझाईश दी जाती है, उसी काम

को वह कर डालता है। जिसका दुष्परिणाम स्वयं के साथ – साथ समाज को भी भुगतना पड़ जाता है।

1626. जो मनुष्य अपने आप से करता है प्यार, वह कभी नहीं करता है कोई अपराध।

1627. पराधीन रहने से तो अच्छा है, रूखी – सूखी रोटियाँ खाकर स्वाधीन रहना।

1628. मनुष्य जैसा – जैसा अनुभवी होता जाता है, वैसा – वैसा उसके व्यवहार में विनम्रता, कार्य में तीव्रता – कुशलता एवं विचारों में परिपक्वता आती जाती है।

1629. अपने जीवन में सकारात्मकता का प्रताप लाने का प्रयत्न करते रहना चाहिए। क्योंकि उससे न केवल चुनौतियों का सामना किया जा सकता है, बल्कि जीवन को खूबसूरत भी बनाया जा सकता है।

1630. श्रेष्ठ विचारों एवं कर्मों से ही श्रेष्ठता का दर्शन संभव हो पाता है।

1631. गुरू से जो शिक्षा – ज्ञान मिला होता है, वह बेशकीमती धन – दौलत से भी बढ़कर होता है।

1632. बाल्यावस्था से किशोरावस्था में जाना, किशोरावस्था से युवावस्था में जाना और युवावस्था से वृद्धावस्था में कुशलता पूर्वक जाना यह अपने जीवन के लिए परम सौभाग्य की बात होती है।

1633. सकारात्मकता मनुष्य को वह भी देती है, जिसको पाने के लिए वह कभी सोचा नहीं रहता।

1634. जहाँ ईमानदारी हँसती – खिलखिलाती है, वहाँ बेईमानी सिसकती है और जहाँ बेईमानी हँसती – खिलखिलाती है, वहाँ ईमानदारी सिसकती है।

1635. अगर आप जिन्दगी को अच्छे, मजे से जीना चाहते हैं, तो सकारात्मकता का दामन थामना यह सर्वथा उचित होगा। क्योंकि जैसा मजा एक सकारात्मक जीवन जीने में मिलता है, वैसा नकारात्मक जीवन जीने में नहीं।

1636. हीरा की चमक ही उसको मूल्यवान बनाती है। ठीक उसी प्रकार मनुष्य की व्यवहारशीलता, सेवाभावना और विनम्रता उसे मूल्यवान बनातीं हैं।

1637. जो चीज सीखने का है, उसे जरूर सीखो। मगर जो चीज सीखने का नहीं है, उसे कभी मत सीखो।

1638. पुण्य कर्मों से ही मनुष्य की यश – कीर्ति बढ़ती है, केवल धन – दौलत से नहीं।

1639. एक सच्चा इंसान वह होता है, जो किसी भी परिस्थिति में अपना आत्मगौरव खोता नहीं है।

1640. परायी चीज को परायी ही समझो। उस पर लालच कभी मत करो।

1641. यदि कोई व्यक्ति आपको नकारात्मकता की ओर ले जाने के लिए हजार बार विनती करे, पैर पड़े, फिर भी उसके साथ कभी जाना नहीं चाहिए। क्योंकि नकारात्मकता मनुष्य के लिए बहुत ही नुकसानदायक होती है। परन्तु यदि कोई आपको सकारात्मकता की ओर जाने के लिए भले ही एक बार बोले, तो शीघ्र ही चले जाना चाहिए। क्योंकि सकारात्मकता मनुष्य के लिए सुख के द्वार खोल देती है।

1642. एक सज्जन की परख सज्जन ही कर सकता है, दुर्जन नहीं।

1643. हमारी शक्ति, विद्वता केवल हमारे तक सीमित न रहे, बल्कि वे समाज – देश के विकास, सुख – समृद्धि के लिए भी सक्रिय भागीदार रहे।

1644. छोटों – बड़ो के प्रति उदार भाव बनाये रखना चाहिए। बड़ों को आदर एवं छोटों को स्नेह दिया जाना चाहिए।

1645. मूल्यवान वस्तु पाने के लिए पहले स्वयं को मूल्यवान बनाना पड़ता है।

1646. फसल कमाना आसान है, परन्तु इज्जत कमाना कठिन।

1647. न किसी की बुराई सुनो और न किसी की बुराई करो। क्योंकि अच्छे लोगों को ये सब शोभा नहीं देता।

1648. ज्ञान की गठरी बांधकर घूमने – फिरने से तो अच्छा है कि उसे समाज के लोगों में बाँट देना। क्योंकि ज्ञान बाँटने के लिए होता है, सहेजकर रखने के लिए नहीं।

1649. बन सको तो स्वाभिमानी बनो। क्योंकि एक स्वाभिमानी इंसान स्वालंबी, अनुशासित एवं मानवता व सत्य का अनुगामी होता है।

1650. यदि आप अपनी जिन्दगी में बहुत कुछ बदलाव देखना चाहते हैं एवं आगे चलकर सफल होना चाहते हैं, तो आपको गुणवान एवं सफल लोगों की संगति करना उचित होगा। साथ ही स्वयं के अन्तर्निहित गुणों को भी विकसित करने की जरूरत होगी।

1651. पापी को उसका पाप कर्म का दण्ड मिलना उचित है, परन्तु निरपराध को दण्ड देना अनुचित है।

1652. शिक्षित होना यह अच्छी बात है, परन्तु जागरूक एवं समझदार होना यह और भी अच्छी बात है।

1653. परमार्थ के उद्देश्य से किया गया काम कभी बेकार नहीं जाता।

1654. विकास कार्यों का समर्थन करना चाहिए, न कि विरोध। क्योंकि वे जनता की सहमति से जनता के द्वारा जनता के हितार्थ को देखते हुए किये जाते हैं।

1655. उस काम को कभी नहीं करना चाहिए, जिसको करने से आपका न तो मान बढ़ता हो और न खुशियाँ मिलतीं हों।

1656. भगवान किसी भी इंसान को ज्यादा इतराने की इजाजत नहीं देता। अन्यथा दुष्परिणाम भुगतना पड़ता है।

1657. यदि कोई मनुष्य अपने जीवन काल में दान – दक्षिणा, सेवा – पुण्य करना एवं यश – कीर्ति कमाना चाहता है, तो उसे ये सब काम अपनी मृत्यु के पहले ही कर लेना चाहिए। क्योंकि मृत्यु के बाद ये सब कर पाना संभव नहीं होता।

1658. यदि मन में पक्के इरादे हो, तो कठिन से कठिन काम को भी आसान किया जा सकता है।

1659. बड़ों का अनुभव और गुरू के द्वारा दिया गया ज्ञान बड़े काम के होते हैं।

1660. एक अच्छा इंसान अपना भी कल्याण करता है और जगत का भी कल्याण करता है।

1661. जिन लोगों के विचार और कर्म अच्छे होते हैं, वे लोग दूसरों से अच्छे होते है।

1662. प्रकृति में संतुलन का बना रहना बहुत जरूरी होती है। मनुष्य का एक परम कर्त्तव्य होता है कि उस संतुलन को बनाये रखे। अन्यथा विकास की जगह विनाश होना स्वाभाविक है।

1663. अपने हाथों को केवल मेहनत करने का अवसर न दें, बल्कि उपकार करने का भी अवसर दें।

1664. बहादुर लोगों की ही जय – जयकार होती है, कायर लोगों की नहीं।

1665. जो इच्छाएं पूरी न हो सकें, उनके पीछे भागते रहना व्यर्थ होता है।

1666. बातचीत के दौरान सही शब्दों का चयन कर बोलना अच्छा होता है।

1667. हम भी आगे बढ़ें। आप भी आगे बढ़ें। आओ सब मिलकर आगे बढ़ चलें।

1668. सबसे पहले अपने तन – मन का समुचित ख्याल रखें। फिर दूसरों का ख्याल रखने की बात सोचें।

1669. लोकतांत्रिक देशों में नागरिकों को जैसी सुख – सुविधाएं मिलतीं हैं, वैसी सुख – सुविधाएं राजतंत्र देशों में नहीं मिलतीं।

1670. अच्छे लोग अच्छे विचारों को चुनते हैं। क्योंकि उन्हें मालूम है कंकड़ चुनने के बजाय हीरे – मोती में अधिक फायदे हैं।

1671. हमारी शक्तियाँ और योग्यताएं हमें कार्य करने के लिए उत्प्रेरित करतीं हैं, कार्य टालने के लिए नहीं।

1672. समझदार लोग हमेशा व्यावहारिक पक्ष की ओर ज्यादा ध्यान देते हैं। इसलिए वे सफल रहते हैं। जबकि कमजोर लोग अव्यावहारिक पक्ष की ओर ज्यादा ध्यान देते हैं। इसलिए वे असफल रहते हैं।

1673. एक बुद्धिमान व्यक्ति हमेशा उजाले में रहना चाहता है। क्योंकि उसे अंधेरा पसंद नहीं होता। जबकि एक मूर्ख हमेशा अंधेरा में रहना चाहता है। क्योंकि उसे उजाले पसन्द नहीं होता।

1674. श्रेष्ठ लोग श्रेष्ठ विचारों को धारण करना पसंद करते हैं। क्योंकि वे उन्हीं श्रेष्ठ विचारों की बदौलत ही श्रेष्ठ बने होते हैं।

1675. कामयाबी का असली राज यह है कि सकारात्मक सोच एवं पूरी हिम्मत के साथ अपने कार्य में अंतिम क्षण तक डटा रहा जाये।

1676. सज्जन लोग हीरा तो होते नहीं। फिर भी वे हीरा से कम होते नहीं।

1677. जो कुछ भी बोलें, सोच – समझ कर बोलें। क्योंकि ऐसा करने से कई तरह के विवादों से बचा जा सकता है।

1678. काश हमारे जीवन में सुख ही सुख होता, तो कितना अच्छा होता?

1679. एक नेक इंसान का जीवन प्रभावशाली एवं अहंकार रहित होता है।

1680. उजाले में रहना हर किसी को अच्छा लगता है, अंधेरा में रहना किसी को नहीं।

1681. बुरी आदतों को ग्रहण कर जीवन जीने में बड़प्पन नहीं है, बल्कि बड़प्पन तो तब है, जब अच्छी आदतों को ग्रहण कर शान से जीवन जीया जाये।

1682. सामान्य सोच सामान्य स्तर के लोगों में होती है, लेकिन ऊँची सोच ऊँचे स्तर के लोगों में होती है।

1683. वह व्यक्ति हमारा शुभचिन्तक नहीं हो सकता, जो केवल अपने हित की चिन्ता करता है, बल्कि वह व्यक्ति हमारा शुभचिन्तक होता है, जो हमारे हितों की भी शुभचिन्ता करता है।

1684. देता वही है, जो बड़ा होता है। लेता वही है, जो छोटा है। लेकिन देने में जैसा मजा है, वैसा लेने में नहीं।

1685. जिस परिवार में सहकारिता और सहभागिता की भावना होती है, वह परिवार हर क्षेत्र में खूब उन्नति करता है।

1686. मन को अपने वश में रखना, उसे शांत रखना यह जीवन के लिए बहुत जरूरी होती है।

1687. अपने भविष्य को उज्ज्वल बनाने के लिए किया गया प्रयास को एक सर्वोत्तम प्रयास कहा जा सकता है।

1688. परिस्थिति के अनुसार अपने आप को ढाल लेना यह बहुत जरूरी होती है। ताकि हम अपना अस्तित्व को बचाये रख सकें।

1689. एक मानवश्रेष्ठ हर किसी के साथ उदारता, समानता का व्यवहार करता है एवं सबकी खुशी में अपनी खुशी देखता है।

1690. अपनों को प्रेम रस एवं अपनत्व की भावना देते रहना चाहिए। अन्यथा ऐसा नहीं करने से वह संबंध मुरझा जाता है।

1691. यदि आप विवादों से दूरी बनाकर रहना चाहते हैं, तो आप ऐसा – वैसा काम कभी न करें कि उससे विवाद खड़ा हो जाये।

1692. जिन्हें अपनी जिन्दगी प्यारी लगती है, वे न तो किसी से नफरत, लड़ाई – झगड़े करते हैं और न ही बुरी आदतें पालने में रूचि दिखाते हैं।

1693. मनुष्य ठहर सकता है, लेकिन समय कभी नहीं ठहरता।

1694. एक बेहतरीन एवं लम्बी उम्र जीने की इच्छा रखनी चाहिए। यदि ऐसी शुभेच्छा रखकर चलेंगे, तो अपना हर काम अच्छा ही बन पड़ेगा।
1695. जैसे सम्मान देने से सम्मान मिलता है। वैसा ही ज्ञान बाँटने से ज्ञान बढ़ता है।
1696. खुशियाँ बाजार में बिकने वाली चीजें नहीं होतीं। वे हमारे अन्दर से मिलतीं हैं।
1697. भले ही धीरे – धीरे चलो, मगर सही राह पर ही चलो।
1698. वह व्यक्ति खास नहीं होता, जो केवल अपना ही ख्याल रखता है, बल्कि खास व्यक्ति वह होता है, जो हर किसी का ख्याल रखता है।
1699. असली बहादुर वही होता है, जो जय – पराजय की परवाह नहीं करता। वह तो केवल अपने उद्देश्य में डटे रहना जानता है।
1700. जो मानव जीवन किसी दूसरे की मुसीबत में काम न आये, वह जीवन वृथा जीवन होता है।
1701. श्रेष्ठ लोगों का साथ मिलना यह गर्व की बात होती है।
1702. अपने देश के प्रति प्रेम, विश्वास एवं श्रद्धा रखना यह श्रेष्ठ लोगों का एक श्रेष्ठ गुण होता है।
1703. सोच – समझकर काम करने से वह काम अच्छा बन पड़ता है। अन्यथा बाद में पछताना पड़ता है।
1704. वह व्यक्ति हर किसी का प्यारा नहीं हो सकता, जो केवल अपने आप को ही प्यार करता हो, बल्कि वह व्यक्ति हर किसी का प्यारा हो सकता है, जो हर किसी को आदर एवं प्यार की दृष्टि से देखता हो।
1705. जितना अच्छा कार्य प्रदर्शन होता है, उतना अच्छा परिणाम आता है।
1706. अनीति व विवादों से बचें और सुख – शांति से रहने का प्रयास करें। यही सुखी जीवन का असली राज है।
1707. जिस प्रकार अपनी मातृभूमि की मिट्‌टी चन्दन तुल्य होती है। उसी प्रकार अपने माता – पिता देवतुल्य होते हैं।
1708. किसी का दुख – दर्द को हर लेना यह एक पुनीत कार्य होता है।

1709. सुविधाओं में रहकर जीवन जीना जितना आसान है, उतना ही अभाव में रहकर जीना कठिन।

1710. ऐसे लोगों या महिलाओं के प्रति सबसे ज्यादा सहानुभूति, हमदर्दी रखने की जरूरत पड़ती है, जिसके करीबी परिजन या तो नहीं है या तो उनकी मृत्यु हो चुकी है। क्योंकि ऐसी सहयोगात्मक एवं उदार भावना रखना सभ्य समाज का एक बड़ा कर्त्तव्य बनता है। साथ ही मानवता का मान भी बढ़ता है।

1711. जिसे शांति और अशांति में भेद करना नही आता, वह शांति का सुख पाने से वंचित रहता है।

1712. प्रभु और भले लोगों की कृपा सबसे अधिक वहीं बरसतीं हैं, जिसकी आत्मा में प्रेम, न्यायता, दया, त्याग और उदारता जैसी भावनाएं विद्यमान रहतीं हैं।

1713. मनुष्य की कीमत उसके सद्‌विचारों और सत्कर्मों से बढ़ती है।

1714. सुख – सुविधाएं जुटाने के लिए अनवरत मेहनत करनी पड़ती है। वे स्वतः चलकर मनुष्य के पास नहीं आतीं।

1715. सिर्फ खाने – पीने और सोने के लिए यह मानव जीवन मिला नहीं है, बल्कि यह जीवन कुछ सार्थक काम करने के लिए मिला है।

1716. ज्ञान प्राप्त करने के लिए स्वयं मनुष्य को ही प्रयास करना पड़ता है।

1717. शिष्टता मनुष्य के स्तर को ऊपर उठाती है, जबकि अशिष्टता नीचे गिराती है।

1718. मानव जीवन पाकर घमंड करना नहीं चाहिए। क्योंकि यह जीवन भगवान की देन है। इसलिए उसके प्रति सदैव कृतज्ञ रहना चाहिए।

1719. एक नेक इंसान हर जगह प्रशंसा का पात्र होता है। क्योंकि उसका हर कार्य प्रशंसनीय होता है।

1720. आज हम अपने आप को जिस स्थान में खड़ा पाते हैं, वह अपनी सोच और कर्मों की देन होती है।

1721. मन में किसी तरह का कुविचार न आ पाये, उसके लिए हमेशा सजग रहना पड़ता है।

1722. आप से जहाँ तक हो सके, लोगों का मनोबल बढ़ायें, प्रोत्साहित करें। न कि हतोत्साहित करें।

1723. ज्ञान प्राप्त करने वाला को स्वयं खुश होकर आगे आना पड़ता है। क्योंकि जबरदस्ती दिया गया ज्ञान व्यर्थ चला जाता है।

1724. मदद पहुँचाने के उद्देश्य से हाथ बढ़ाना यह पुण्य का काम होता है।

1725. अनबन की स्थिति मन में अशांति ही लाती है। जबकि सुलह – समझौते की स्थिति शांति ही लाती है।

1726. बड़े लोगों की छोटी – छोटी बातें भी बड़ी बातें बन जातीं हैं। जबकि छोटे लोगों की बड़ी – बड़ी बातें भी छोटी बातें बनकर रह जातीं हैं।

1727. आशावादी बनकर जीना यह एक अच्छी बात होती है। क्योंकि अपने मन में आशा का संचार किये बिना न तो अपने सपनों अथवा उद्देश्यों को साकार किया जा सकता है और न ही बहुत कुछ हासिल किया जा सकता है।

1728. योग्य, सबल एवं साहसी बने बिना सफलता नहीं मिलती।

1729. परायों के पास जा मिलने से उतना महत्व नहीं मिलता, जितना महत्व अपनों के पास जा मिलने से मिलता है।

1730. प्रशंसा उत्साह और मनोबल बढ़ाने का काम करती है।

1731. सपने देखने की कोई आयु सीमा नहीं होती।

1732. यदि मन में आगे बढ़ने की ललक हो, तो छोटी – मोटी बाधाएं भी व्यक्ति को रोक नहीं पातीं।

1733. कठोर अथवा कड़वी बातें दिल को आघात पहुँचातीं हैं। जिन्हें भूला पाना बड़ा कठिन काम होता है।

1734. उत्साह के बिना जीवन में रौनकता नहीं आती।

1735. ज्यादा बोलने की अपेक्षा ज्यादा सुनने में विश्वास रखना चाहिए।

1736. एक विश्वास पात्र पर विश्वास किया जा सकता है, परन्तु एक अविश्वासी पर नहीं।

1737. दान करना, ज्ञान बाँटना, जरूरतमंदों की मदद करना एवं किसी का उचित मार्गदर्शन करना ये सब पुण्य कार्य होते हैं।

1738. किसी व्यक्ति की खामियों का प्रचार करने में बड़प्पन नहीं है, बल्कि बड़प्पन तो तब है, जब किसी की खूबियों का प्रचार अथवा गुणगान किया जाये।

1739. नेक कार्यों में लगे हुए लोगों का हौसला बढ़ाना उचित होता है।

1740. अभिमान किसी भी व्यक्ति को महान बनने नहीं देता। क्योंकि वह एक दुर्गुण होता है, सद्गुण नहीं।

1741. कर्त्तव्य परायण एवं ईमानदार व्यक्ति प्रशंसा पाने का अधिकारी होता है।

1742. मनुष्य जीवन को सार्थक बनाने के लिए सद्बुद्धि का उपयोग करते रहना चाहिए होता है।

1743. जैसे उस व्यक्ति को जो अपने भगवान अथवा देवी – देवताओं के प्रति प्रेम, विश्वास एवं आस्था रखता नहीं, उसे आस्तिक नहीं कहा जा सकता। ठीक वैसा ही जो कोई अपने देश के प्रति प्रेम, विश्वास एवं आस्था रखता नहीं, उसे देशभक्त नहीं कहा जा सकता।

1744. घमंड करना किसी को भी शोभा नहीं देता।

1745. दुगुर्णों को त्यागने के प्रति ध्यान देना यह अच्छे इंसान होने का प्रतीक है।

1746. एक अच्छा इंसान उपदेशों को मानने में दृढ़ रहता है।

1747. सामाजिक एवं व्यावहारिक बनना यह जीवन के लिए एक बड़ी बात होती है।

1748. विपत्ति किसी भी व्यक्ति को घेर लेती है। इसलिए यह कभी न सोचें कि सम्पत्ति वालों के पास विपत्ति नहीं आ सकती।

1749. जन सेवा में लगे हुए लोगों को यदि हम कुछ न दे सकें, तो कम से कम उनकी तारीफ में दो शब्द बोल तो सकते हैं।

1750. गरीबी की स्थिति में जीवन कैसा कटता है ? उस व्यथा को एक गरीब ही अच्छी तरह से जान सकता है, अमीर कभी नहीं।

1751. मोटरगाड़ी में जब तक ईंधन रहता है, तब तक वह चलती रहती है। ठीक उसी प्रकार मानव जीवन को जब तक वायु, अन्न, जल मिलते रहते हैं, तब तक वह चलता रहता है।

1752. किसी को कमजोर समझकर सताना नहीं चाहिए।

1753. हर किसी के साथ सद्व्यवहार करने का प्रयास करना चाहिए।

1754. बचपना दिखाना बचपन को ही शोभा देता है, उम्र दराज व्यक्ति को बचपना दिखाना शोभा नहीं देता।

1755. ठोकर देने वाला भले ही ठोकर देकर भूल सकता है, लेकिन ठोकर खाने वाला उस ठोकर को कभी भूल नहीं सकता।

1756. अच्छा परिणाम पाने के लिए अच्छा कार्य प्रदर्शन करना पड़ता है।

1757. आखिर एक दिन हर मनुष्य को मिट्टी में मिल ही जाना है। फिर इतना ऐंठ, घमंड दिखाने से क्या फायदा होगा ?

1758. जीवन में देने का महत्व होता है, लेने का नहीं।

1759. निर्बल रहने की अपेक्षा सबल बनना अच्छा होता है। क्योंकि दुनिया में सबल लोग ही दबदबा बनाये रखने में समर्थ रहते हैं, निर्बल लोग नहीं।

1760. सोना आग में तपने, सहने पर निखरता है और मनुष्य तप करने एवं ताप सहने पर निखरता है।

1761. वह घर, घर जैसा नहीं लगता, जहाँ अपनों से प्रेम और स्नेह नहीं मिलता।

1762. जिस काम में रूचि नहीं होती, उस काम को करने से असफलता ही हाथ लगती है।

1763. पाप कर्मों से बचकर रहें, तो पापकर्म नहीं होता।

1764. जैसा कष्ट हम सहन न कर सकें, वैसा कष्ट किसी को भी न दें।

1765. उचित काम का उचित परिणाम मिलता है।

1766. सृजनात्मक सोच का महत्व कभी कम नहीं होता। वह मनुष्य को हमेशा योग्य बनने एवं नई – नई उड़ान भरने की प्रेरणा देती है।

1767. उस चेहरे की खूबसूरती बढ़ जाती है, जिस चेहरे पर मुस्कुराहट बनी रहती है।

1768. उस इंसान को कोई स्थान नहीं मिलता, जो समाज में नफरत की जहर घोलने का काम करता हो।

1769. अव्यवस्थित जिन्दगी मनुष्य की सुख – शांति छीनने का काम करती है।

1770. जो बच्चे माता – पिता, परिवार और गुरू से अच्छे संस्कार पाते हैं, उनका जीवन धन्य हो जाता है।

1771. जीवन जीने की कला सिखाने वालों को कभी भूलाया जा नहीं सकता।

1772. विद्यालय वह सबसे उत्तम स्थान होता है, जहाँ पर बच्चों का उत्तम व्यक्तित्व का निर्माण होता है।

1773. अगर हर काम को ईमानदारी से किया जाये, तो कई तरह की उलझनों और दुष्परिणामों से बचा जा सकता है।

1774. सामाजिक व्यवस्था मनुष्य को सामाजिक बनने की प्रेरणा देती है।

1775. प्रसन्न मन से किया गया कार्य का परिणाम सदा फलदायी होता है।

1776. जो इंसान अच्छे कार्यों में लगे रहते हैं, उन्हें दूसरे लोगों से सहयोग और आशीर्वाद अवश्य मिलता है।

1777. हताशा – चिन्ता भरी जिन्दगी जीना यह नारकीय जिन्दगी जीने के सामान होता है।

1778. आदान – प्रदान में जैसी खुशियाँ मिलतीं हैं, वैसी खुशियाँ निष्ठुरतापन में नहीं मिलतीं।

1779. एक अच्छे कार्यकर्त्ता ही अच्छे – अच्छे कार्य करता है। अकर्मठ लोगों से ऐसी अपेक्षा रखना निरर्थक होता है।

1780. छोटे – बड़े हर इंसान को न्याय पाने, उन्नति करने और सही राह पर चलने का अधिकार होता है।

1781. बचाने वाले धन्यवाद के पात्र होते हैं, मारने वाले नहीं।

1782. उल्टी चाल चलने वाले और उल्टी धार बहाने वाले कभी सफल नहीं होते।

1783. कर्त्तव्य के प्रति समर्पण भाव व्यक्ति को यशस्वी बनाता है।

1784. संघर्ष किये बिना कोई बड़ी उपलब्धि मिलती नहीं। इसलिए संघर्ष करने से मत घबराओ। उत्साह, पक्के इरादे के साथ आगे बढ़ते रहो। उपलब्धि एक दिन आपके कदम जरूर चूमेगी।

1785. असली ताकतवर व्यक्ति वह होता है, जिसमें दया – क्षमा करने का गुण होता है।

1786. कार्य प्रारंभ करने के पहले जिसने अच्छी रणनीति बना लिया होता है, फिर तो उस कार्य में सफलता जरूर मिलकर रहती है।

1787. वही लोग आगे बढ़ते एवं सुखी रहते हैं, जो दूसरे लोगों को भी आगे बढ़ाने में सच्चे मन से साथ निभाने जानते हैं।

1788. एक सच्चा इंसान एक – दूसरे के दुख – सुख में साथ देना यह अपना कर्त्तव्य एवं अहो भाग्य समझता है।

1789. मनुष्य चाहे तो हर मौका को सुनहरा मौका बना सकता है।

1790. जिस महान कार्य को साधारण व्यक्ति कर नहीं पाता, उस महान कार्य को एक महान व्यक्ति कर दिखाता है। इसलिए वह हर किसी के लिए पूज्यनीय एवं लोकश्रध्दा का पात्र बन जाता है।

1791. बाजार में बिकने वाले बोतल बंद शीतल पेय के बजाय गन्ना रस, गुड़ पानी या नीबू पानी लेना यह स्वास्थ्य के लिए लाभकारी होता है।

1792. सेहत मंद रहने के लिए जल्दी सो जाना, तड़के सुबह उठ जाना, टहलना, कसरत आदि करना श्रेयस्कर होता है।

1793. एकाग्रचित्त होकर पढ़ाई – लिखाई करने वाले विद्यार्थी दूसरे विद्यार्थियों से कहीं ज्यादा सफल रहते हैं।

1794. अस्पताल, अदालत और मदिरालय से एक मनुष्य को बच के रहना चाहिए। क्योंकि उन तीनों जगह में सर्वाधिक धन की बर्बादी होती है।

1795. माता – पिता, गुरू, साधु – संत, सज्जनों एवं ईश्वर को जो मनुष्य उचित मान – सम्मान और सुख देता है। उसे भी मान – सम्मान और सुख अवश्य प्राप्त होता है।

1796. दुनिया को जैसा दिया जाये, वैसा ही मिलता है। आप दूसरों को कुछ चीजें देंगे, तो आपको भी दूसरों से कुछ चीजें अवश्य मिलेंगी। आप दूसरों को पसन्द करेंगे, तो दूसरे भी आपको पसन्द करेंगे। आप किसी की मदद करेंगे, तो दूसरे भी आपकी मदद करेंगे। यही विधि का विधान है।

1797. छोटी सोच, संकीर्ण भावना से ग्रसित व्यक्ति को किसी के दिल में जगह नहीं मिलती।

1798. शारीरिक स्वच्छता के साथ – साथ मानसिक स्वच्छता बनाये रखना यह बहुत जरूरी होती है। क्योंकि इनके बिना हम निरोगी एवं बेहतर जीवन जीने की कल्पना नहीं कर सकते।

1799. एक बुद्धिमान व्यक्ति हमेशा उजाले में रहना चाहता है। क्योंकि उसे अंधेरा पसन्द नहीं होता। जबकि एक मूर्ख हमेशा अंधेरा में रहना चाहता है। क्योंकि उसे उजाला पसन्द नहीं होता।

1800. सुविधा भोगी बनने से अच्छा है, कुछ उपयोगी बनना।

लेखक परिचय

नाम	–	छबिराम पटेल (राज्यपाल पुरस्कृत शिक्षक)
पिता	–	श्री श्यामलाल पटेल
माता	–	श्रीमती जमुनाबाई पटेल
जन्मतिथि	–	05.06.1964 (पाँच जून सन् उन्नीस सौ चौसठ)
जन्मस्थान	–	ग्राम – झारबंद, पो0 भँवरपुर वि0खं0–बसना जिला महासमुन्द (छ0ग0)
प्रारंभिक शिक्षा	–	वनांचल ग्राम – जम्हर वि0ख0 पिथौरा जिला महासमुन्द (छ0ग0)
शिक्षा	–	एम0ए0 (इतिहास), बी0एड.
शिक्षक पद पर नियुक्ति तिथि	–	22.09.1986
कार्यरत पद एवं विद्यालय का नाम	–	उच्च वर्ग शिक्षक, शासकीय उच्च प्राथमिक विद्यालय ठाकुरदिया कला, विकास खण्ड, पिथौरा जिला महासमुन्द(छ0 ग0)

सम्मान व पुरस्कार –

(अ) शिक्षा के क्षेत्र में उत्कृष्ट कार्यों के लिए राज्यपाल उत्कृष्ट शिक्षक सम्मान व पुरस्कार से 05.09.2009 को सम्मानित।

(ब) शिक्षा, साहित्य, नवाचार एवं सामाजिक सेवा के क्षेत्र में उत्कृष्ट कार्य प्रदर्शन को देखते हुए ''ज्योतिबा फूले फेलोशिप राष्ट्रीय अवार्ड 2019 से सम्मानित। इसी तरह शिक्षा व सामाजिक संस्था – संगठनों से 16 बार पुरस्कृत एवं सम्मानित।

(स) टीचर इनोवेशन अवार्ड 30 – 9 – 2019

(द) उत्कृष्ट शिक्षक पुरस्कार से सम्मानित – संसदीय सचिव स्कूल शिक्षा छ.ग. शासन (छ.ग.) 5 – 9 – 2020

2. ''गुदड़ी के लाल'' सफलता की कहानियाँ भाग –1 एस.सी.ई.आर.टी. रायपुर (छ0 ग0) द्वारा प्रकाशित पुस्तक वर्ष 2009 में मेरे जीवन पर आधारित सफलता की कहानी को पाठ–4 में स्थान।

विशेष –

1. मिनी पी.एस.सी. परीक्षा भोपाल (म0प्र0)की प्रावीण्य सूची में स्थान व शिक्षक पद पर चयनित।
2. संयोजक – '' छात्र व जन मार्गदर्शन कार्यक्रम/अभियान, ग्रामीण क्षेत्रों में जन जागरूकता लाने के लिए प्रेरणादायक शैक्षिक कार्यक्रम 2007
3. संयोजक – छात्र ज्ञान उत्थान कार्यक्रम।
4. सम्पादक – स्कूली पाक्षिक दीवार पत्रिका '' बच्चों की दुनिया''।

कृतियाँ –

1. (क) अमृतवचनावली पुस्तक (ख) संघर्ष एवं सफलता की कहानी (ग) प्रकाशित लेख व कविताएं – शिक्षाप्रद एवं प्रेरणादायक सौ से अधिक लघु लेख व कविताएं पत्र – पत्रिकाओं में प्रकाशित।
2. ''ज्ञानपुंज''
3. ज्ञानकुंज।
4. ज्ञान दीप

पता –

1. वर्तमान पता – वार्ड क्र. 12 गार्डन के पास पिथौरा, जिला – महासमुन्द (छ.ग.) 493551
2. स्थायी पता – ग्राम/पोष्ट – सुखीपाली, विकासखण्ड – पिथौरा, जिला महासमुन्द (छ. ग.) पिन–कोड 493551

www.ingramcontent.com/pod-product-compliance
Lightning Source LLC
La Vergne TN
LVHW051024051026
849532LV00004BA/1355